熊貓英雄

二部曲：神農傳說

猛獁象◎著

推薦序　史前的地球英雄

從地球誕生至今，已經過了四十多億年。從最早的人類出現至今，大概過了兩百萬年。從人類開始記載歷史至今，只過了幾千年。

在地球漫長的生命面前，人類的歷史和壽命顯得微不足道，我們所知道的歷史對地球來說，簡直就像眨眨眼那麼短暫。人類出現之前，地球上已經有了各種各樣的生物，但很多至今已經滅絕，我們永遠無法見到了。只有極少數生物頑強地生存至今，牠們是人類認識生物歷史的「活化石」。

大熊貓就是這樣一種神奇的「化石」。牠們在地球上至少生存了八百萬年，比人類的歷史悠久得多。漫長的歷史中，熊貓們到底遭遇了多少磨難，實在難以考證。熊貓經歷過天寒地凍的冰川時期，經歷過地球氣候的多次轉變，和牠們同期生活的物種陸續滅絕，牠們自身也產生了不少變化。如今，熊貓族群不斷減少，走到了瀕臨滅亡的境地，遙想遠古，熊貓的祖先曾經那樣輝煌。

《熊貓英雄》講述的就是那些史前熊貓的壯闊冒險。地球的最後一次冰川期，地震和火山噴發不斷，地球上的生物們都嗅到了危機的味道。歷史悠久的熊貓種族遇到的巨大的危險。關鍵時刻，流浪的熊貓小子幸福寶站了出來，扛起拯救危亡的重擔。鸚鵡阿飛和新出現的物種——老虎，是幸福寶最好的朋友，他們一起踏上征途，尋找出路。

作者十分逼真地再現了冰川時期地球的樣貌，原始的山巒、叢林橫亙，各色史前動物輪番登場：狡詐強悍的恐狼和熊貓亦敵亦友，劍齒虎有了新的進化，紅毛猩猩稱霸原始森林，泰坦鳥和異特龍意外現身……幸福寶的旅程有了牠們的參與，格外驚險刺激。

自然災害過後瘟疫爆發，幸福寶再次上路，拯救危機。幾番鬥爭後竟然要和地外智慧生物一決高下，想想如今人類發現的史前文明未解之謎，忍不住猜測確實曾有外星生物造訪地球。與此同時也不禁佩服作者超凡的想像力和豐富的知識。在這套書中，讀者不僅可以看到精彩絕倫的冒險故事，還能認識各類傳奇生物，了解天文知識。

冒險之外，動物之間的感情也格外讓人動容。阿飛不顧自身安危屢次營救幸福寶，老虎為了兩位朋友不惜長途跋涉，異特龍雖然生性兇殘卻為了孩子們戰勝自己，活潑俏皮的小熊貓在災難中成長強大……在他們身上，有災難的痕跡，有成長的痕跡，還有堅持和抗爭的痕跡。所有度過災難重獲新生的動物，依靠的不是幸運，而是智慧、勇敢、堅持和互助。他們用最樸實的行動闡釋了生存之道。

硝煙散去，幸福寶和朋友們再次自由地奔跑，想必未來有更加精彩的冒險等著這些史前的英雄們。

自序

我其實是個懶惰的人，不怎麼會寫序，應編輯的盛情相邀，只好隨意為我的新作《熊貓英雄》寫寫序。

一直以來，熊貓這個可愛的形象在我的腦海裡反覆出現，熊貓是很多美好事物的象徵，我想，這應該會是個很有意思的故事。

我大約用了半年時間思考，如何寫一隻熊貓，而且是寫一隻與眾不同的熊貓。從熊貓憨態可掬的形象出發，我想了好多的名字，什麼：圓圓、蛋蛋、黑白小弟等等。最後將這隻熊貓定名為幸福寶，這不僅是一個名字，也是我的一份心願，希望每一個小寶寶都能幸福快樂地生活和成長。

幸福寶是一隻熊貓，這裡我不想寫他是如何長大的，只想寫他剛剛成年的冒險故事。熊貓冒險的故事已經足夠吸引小朋友的目光了，但是身為一隻有故事的大象，我絕不會滿足隻寫一隻熊貓，我要構思出一個冰河紀波瀾壯闊的故事，於是熊貓一族應運而生——老頑固、鈴鐺、辣椒、鐵頭……老老少少，男男女女的，每隻熊貓都有自己的性格和特點。

無論什麼生命都有自己的規律和特徵，即使生命再短暫，也富有積極的意義。我將這些熊貓塑造成個性十足的傢伙。老頑固是一隻極為逗趣的老熊貓，總是自以為是，還有點狡猾，但是他的心中卻充滿了對熊貓一族的擔憂和關愛；辣椒，一隻面貌醜陋的母熊貓，但是心地善良，遇大事能決斷，性格乾脆俐落，好像一個女漢子；還有我們最可愛的主角幸福寶，他是一隻不斷歷經磨礪，越來越堅強的熊貓，最終成為拯救熊貓和世界的英雄。

熊貓屬於食肉類的哺乳動物，牠們的歷史很古老，大約八百萬年前已經生存在地球上。現存的很多大熊貓都以竹子為食，其實，很久以前熊貓是食肉的猛獸，而且據我個人的推斷，很久以前，熊貓的體積應該比現在更龐大。

當人類還是茹毛飲血的時代，熊貓很可能遍布大地，後來隨著生存環境的改變，動物的生活習性也發生了相應的變化，熊貓的生存環境逐漸縮小，成了地球上最珍貴的動物之一。

熊貓一族經歷了什麼殘酷的打擊，現今已經無人知曉，但是我隱隱感覺到，這或許和人類的進步有關，人類在不停地剝奪著動物的權利，侵佔他們的家園，於是熊貓獵人的構思在我的腦海裡誕生，我將熊貓獵人寫成一個頗具悲壯色彩的民族，因為人類愚昧的屠殺行為，將會導致自己的滅亡。人類應該和動物成為朋友，而不是敵人。

雖然我不是動物學家，《熊貓英雄》這套書也很難和科普扯上關係，但是我的文字裡面，還是暗含著一些科普知識。熊貓主要以氣味做為領地的標記，有的時候也會在樹幹上留下一些特殊的標記，用來警示其他的熊貓，這是熊貓有趣的手段。熊貓的視力不是很好，自從熊貓爬進高山竹林裡面生活，他們的視力已經逐漸退化了，變成了近視眼，於是熊貓有了靈敏的鼻子，這是他們防禦天敵的雷達。

除了熊貓，書裡還出現了一些可愛的配角。恐狼是重要的反派，真實的恐狼已經滅絕了，牠們大約生活在一萬年以前，形象有點像鬣狗，而且牠們的頭很大，四肢很細，咬合力驚人，有的時候吃腐肉。恐狼的智力不是很好，於是我把他們寫得不是很壞，和熊貓們是亦敵亦友的關係，常常犯錯，幹一些讓人覺得好氣又好笑的事。

說到反派，恐狼不是最邪惡的，更不是最壞的壞蛋，真正的威脅是煞姆人，因為煞姆人是外星人。《熊貓英雄》的主要故事，是幸福寶在神農爺爺及眾好友的幫助下，戰勝外星人的故事。

外星究竟有沒有生命，現在還不得而知，著名的科學家霍金曾經表示，假如存在外星生命，我們也不要盲目樂觀，外星生命不一定是抱著友好的態度來到地球的，也可能充滿了惡意。因為一個高度發達的智慧生命，很可能為了星際殖民前來探索地球。

所以，我將外星生命設定為反派角色，至於熊貓小子有哪些驚心動魄的旅程？熊貓小子如何大戰外星人？猩猩一族和熊貓一族究竟有什麼恩怨？還有最終的結局如何？你得慢慢看下面的故事了，相信大象的故事會讓你的閱讀精彩不斷。

目次

角色簡介

幸福寶

本書主角。個性勇敢善良，為了拯救熊貓一族而四處旅行冒險，大家常暱稱他為「熊貓小子」。

阿飛

色彩豔麗的鸚鵡，幸福寶的最佳拍檔。

知識淵博，聰明伶俐。和幸福寶在流浪的路上認識，一路走來，患難與共，彼此成了最好的朋友。

辣椒

幸福寶在熊貓谷的同伴。個性嗆辣，生著一口獠牙，黑色的瞳孔射出兩道寒光。

絕招是張開大嘴，用辣椒噴霧攻擊敵人。辣椒噴霧的味道又濃又衝，常熏得敵人眼淚鼻涕直流。

鈴鐺

幸福寶在熊貓谷的同伴。個性柔順，雪白的皮毛，圓圓的耳朵，眼睛散發著迷人的光彩，像永不墜落的星辰。

老頑固

熊貓谷的長者熊貓，是一位有智慧的熊貓爺爺，有著白色的短鬍鬚，兩隻濃濃的黑眼圈，彷彿蘊藏著無窮的智慧。

鐵頭

幸福寶在熊貓谷中的死對頭，特色是連岩石都能撞破的鐵頭功。

體型壯碩，個性兇狠，兩隻黑耳朵又圓又大，黑眼圈幾乎遍布整張臉孔，因為太常使用鐵頭功，使得腦袋常撞得一片瘀青，毛都掉光了。

老虎

一隻沒有自信的老虎，天天受到劍齒虎們的嘲諷和譏笑，做什麼事情都沒有信心。直到遇到了第一個稱讚他的人——幸福寶，才慢慢發現自己的優點跟長處，並和幸福寶成為了好朋友。

野王

恐狼的首領。個性精明，嘴巴特長，獠牙鋒利，臉頰上佈滿傷疤，彷彿經歷過無數場惡戰。原本想吃了幸福寶，但陰錯陽差之下，和熊貓小子一起度過多場難關，變成亦敵亦友的關係。

血刃

野王的手下之一，對老大野王忠心耿耿。

詭刺

野王的手下，背上生著黑色條紋的恐狼，聲音尖細。

楔子

脫離的險境的熊貓一族，又面臨新的挑戰，大災之後又有大難。一種名叫「紅恐症」的瘟疫開始流行，被瘟疫傳染的大熊貓，開始攻擊熊貓同類，他們變得瘋狂而可怕，什麼都吃。為了拯救熊貓一族，幸福寶、老虎、阿飛踏上尋找神農的征途……

1 逃亡

黎明。

大地荒涼，群峰險峻，綿延的山谷如同一條巨龍，盤旋在灰色的蒼穹之下，茂密的叢林好似巨龍的鱗片，層層疊疊地在月光下閃耀著青白色的光輝。

漆黑的石崖前籠罩著一層迷霧，石崖下的草叢裡簌簌作響，隱藏在草根裡的蟲蟻鳥雀被嚇得亂竄，因為一大群驚慌失措的熊貓，慌慌張張地跑了過來。

這群逃跑的大熊貓以老頑固為首，他美滋滋地騎在老虎的背上，而幸福寶負責在後面掩護，他現在是熊貓一族中的英雄，必須承擔起拯救熊貓一族的重大責任。

幸福寶的臉頰、脖子、耳朵、肩膀受了好幾處輕傷，但是他緊咬牙關拚命堅持。

追兵是三隻身強力壯的大熊貓，奔跑起來像旋風一樣迅速，他們的瞳孔裡閃耀著鮮紅的血光，嘴角流淌出長長的口水，簡直比洞熊還要兇猛。

老頑固跑到石崖前，在老虎的腦門上輕輕一拍，說道：「老虎，快點給我爬上去。」

老虎嘆息一聲，這麼陡峭的懸崖根本沒法攀登，他十分惱火，一扭膀子把老頑固甩了下去，他急著趕回去幫助幸福寶，抵擋那幾隻大熊貓。

三隻大熊貓把幸福寶圍在中間，一隻衝著幸福寶大吼大叫，另一隻用爪子刨地，準備隨時發起攻擊，還有一隻則盤腿坐著，不時翻開眼皮，瞧瞧幸福寶是不是被他的偽裝欺騙了，他等著幸福寶主動露出破綻，然後給熊貓小子來個致命一擊！

大災之後，必有大難。

熊貓一族的遭遇簡直是糟糕極了，大地震停止之後，叢林中遍地狼藉，到處是野獸的屍體，天空瀰漫著酸臭的毒霧，灌木林成片地死亡，死亡的氣息籠罩著這裡的每一寸土地。熊貓一族遭遇到前所未有的挑戰——食物短缺，家園毀滅。

一些饑餓的熊貓被迫去吃腐爛的屍體，但是吃了腐肉的熊貓，同樣遭遇到了死亡的命運。情況越來越糟糕，幾隻餓餓的大熊貓偷偷地吃掉一隻小水牛的屍體，很快這幾隻大熊貓發了瘋，並且攻擊其他的熊貓。現在，幸福寶、鐵頭、鈴鐺、辣椒全都受了傷，只好率領剩餘的熊貓鑽進這片叢林茂密的山谷，那些發瘋的熊貓卻在後面緊追不捨，好像要把他們趕盡殺絕！

幸福寶現在左右為難，他並不想傷害這些大熊貓。這時候，老虎跑回來了，興奮地大叫：「熊貓小子，我來幫你。」縱身一躍，向那隻盤腿大坐的熊貓撲了過去。

大熊貓兇狠地一笑，用爪子抹抹血跡斑斑的嘴巴，說：「好一條黃斑大蟲，真是一頓美餐！」說完，這隻大熊貓用後爪向老虎的肚子上一踢。

老虎側身一躍，差點被熊貓的後爪重傷，嚇得再也不敢輕視這些發瘋的熊貓。

同時，另外兩隻大熊貓向幸福寶發動了攻擊，一隻大熊貓撲上來掐幸福寶的脖子，另一隻來抓幸福寶的尾巴。

兩隻大熊貓來勢兇猛，幸福寶把腦袋一低，直接撞進一隻最強壯的大熊貓懷裡，然後摟住向山坡下滾去。

老虎哇哇大叫，從後面追了上來，另一隻大熊貓想要攔住老虎的去路，被老虎用尾巴一抽，嗷地叫了一聲，驚慌逃竄。

這隻逃跑的大熊貓的雙眼，忽然變得鮮紅如血，轉身撲向山崖前的熊貓。對付老虎，他有點怕，但是對付這些熊貓，他卻胸有成竹，因為，這隻大熊貓在沒瘋以前，就是一隻欺軟怕硬的熊貓。

老頑固嚇壞了，急忙向山崖上爬去，但是他騎著老虎的時間太長了，四爪有點發麻，爬不上去，小黑和小花只好用腦袋頂著老頑固的屁股，讓他迅速爬到一塊大岩石上面。

終於，老頑固覺得自己安全了，他坐在岩石上大吼道：「下面那隻得了紅眼病的熊貓聽著，快點爬上來，和老頑固決一死戰！」

這隻紅眼熊貓猛然抬頭，發現一隻又老又笨的熊貓趴在一塊大岩石上，正向自己發出挑戰，他凶性大發，怒吼一聲撲上來。

小白、小黑、小花準備聯合抵抗這隻大熊貓，老頑固卻在上面大叫：「都給我閃開，讓老頑固來教訓一下這個沒有尊卑，不分好壞的混帳東西。」

老頑固這樣說，其實是鼓勵小熊貓們勇敢地戰鬥，但是小白三個信以為真，立刻逃到一邊去了，那隻紅眼熊貓朝著老頑固嘿嘿一笑，扒住石崖間的縫隙，爬上來找來老頑固拚命。

老頑固的臉色變得異常蒼白，連忙呼喚其他的小熊貓：「不得了啦，快來幫忙呀，這隻熊貓殺紅了眼啦，快點救救老頑固吧！」

鈴鐺和辣椒發現老頑固是虛張聲勢，於是跑了過來，顧不得許多，抓住紅眼睛熊貓的兩隻後爪，拚命地往下拖，紅眼熊貓極不願意被拽下來，舞動後爪一陣猛踢猛踹。

忽然，紅眼熊貓渾身一震，從山崖上滾落下來，暈了過去。鈴鐺和辣椒一瞧，嘿嘿，老頑固坐在岩石上，抱著一塊大石頭，他剛剛用這塊石頭，敲了那隻熊貓的腦殼，被砸暈的紅眼熊貓，一時片刻也爬不起來了。

鈴鐺和辣椒剛剛鬆了口氣，只聽咕咚一聲，幸福寶抱著一隻大熊貓掉進一條瀑布，湍急的河流將那隻大熊貓沖得無影無蹤了。另一隻紅眼熊貓只好順流而下，追尋他的伙伴去了。

危機很快解除了，幸福寶划了幾下水，游回岸邊，大家都來圍觀這隻昏迷不醒的大熊貓。

老虎大著膽子，走過來問：「熊貓小子，你們熊貓怎麼啦？熊貓全都會發瘋嗎？究竟要瘋到什麼時候？」

幸福寶搖了搖頭，他從沒見過熊貓發瘋，心中更沒有答案。

鸚鵡阿飛突然從林子裡竄了出來，大叫著：「你們兩個迅速退後，快點退後，否則就要大難臨頭啦！」

幸福寶和老虎聽到阿飛的警告，不由得退後幾步，阿飛從空中落下，落在那隻紅眼熊貓的身旁，顯得格外小心，他瞧著這隻熊貓昏迷的樣子，用翅膀翻了翻昏迷熊貓的嘴巴、眼皮，又檢查了這隻熊貓的爪子、屁股和舌頭。

鸚鵡的動作小心而謹慎，他的另一隻翅膀，始終都捂著自己的嘴巴，熊貓們感覺鸚鵡的臉色相當嚴肅，彷彿世界末日到了！

幸福寶說：「阿飛，你知道熊貓發瘋的原因嗎？」

檢查完畢，阿飛說：「嗯，沒錯，看他們的樣子，一定感染了厲害的瘟疫，瘟疫的名字叫紅恐症。」

「紅恐症？」

「沒錯，紅恐症和黑死病，曾經是地球上兩大最可怕的瘟疫。很久以前，地球上爆發過黑死症和紅恐症，給野獸和人類造成過巨大傷害，尤其是野獸，屍橫遍野，白骨如山，一些野獸因此而滅絕，但是紅恐症和黑死病不一樣，黑死病發病迅速，混身發熱，野獸全部吐血而死，而紅恐症則更為厲害，發病之時緩慢，最顯著的特徵就是雙眼發紅，狀態漸漸瘋狂，甚至攻擊同類，我看這隻大熊貓就是得了紅恐症！」

說完之後，阿飛用一隻翅膀捂住嘴巴，然後用另一隻翅膀翻開昏迷的大熊貓的眼睛，果然是一對鮮紅如血的眼珠。

老虎傻傻地問：「那麼，紅恐症可以治癒嗎？」

阿飛嘆息著說：「難，這種瘟疫傳播得很快，無論是野獸的血液、唾液、腐爛的屍體，都可能被傳染。」

老虎嚇得一個大跳，跑出好遠，癟著肚子朝著山風連呼了三大口氣，彷彿把胸膛裡的氣息全部吐了出來，然後臉色青白地跑了回來。

阿飛說：「情況很嚴重，剛才我巡視周圍百里的山脈，發現已經沒有一隻活物，只留下各種野獸的屍體。」

老頑固清了清嗓音，激動地說：「孩子們，熊貓一族到了生死存亡的關鍵時刻，所以我們必須要做出明智的抉擇，雖然有時候，這種抉擇是很痛苦的，但是我必須多說幾句。」其實，想說什麼，他也不知道。

阿飛說：「其實，這是上古時期的一種古老細菌，生活在地球深處，因為大地的震動，順著地殼的裂隙跑了出來，在六千五百萬年以前，地球上曾經發生過一次驚人的碰撞。」

老虎說：「說說那次碰撞。」

幸福寶說：「是呀，給我們講講古老的地球故事。」

阿飛說：「那是很久遠的故事啦，那時正是龍獸的鼎盛時代，那些巨大的，或者靈巧的龍獸統治著地球，如果從屁股上的骨骼化分他們，可以分為蜥臀類和鳥臀類。他們行走在地球上，任何一種新生類的野獸都不是他們的對手，但是有一天，寧靜而充滿霸氣的生活被打破了，一顆流星從天而降，那顆流星好大，帶著憤怒的火焰衝向地球，沒有一隻龍獸意識到，龍獸一族將要面臨一場滅絕的災難，他們還在廝殺，打鬧，相互玩笑。砰地一聲巨響，流星撞擊在地面上，形成的煙塵幾乎把天空的陽光遮得一點不剩，大地瞬間黑暗，被震碎的岩石四處飛射，大塊的岩石能直接砸碎霸王龍的腦殼。龍獸們驚恐逃竄，但是撞擊產生的高溫點燃了空氣，熾熱的火焰像風一樣流動，那些被熱浪灼燒的龍獸發出淒厲的吼叫，變成一片灰燼，更致命的是那些漂浮在空氣中的粉末，像雪花一樣晶瑩，卻比刀鋒還要鋒利，一但呼吸進野獸的身體立刻致命，苟活下來的龍獸更加難以生存，因為氣候驟變，草木枯萎，食物短缺，龍獸開始同類相殘，好像你們看到的這隻大熊貓一樣，大地開始悄悄地蔓延一種瘟疫，就是紅恐症，因為有的龍獸蠶食了腐爛的屍體，瘟疫迅速傳播，龍獸在極短的時間滅絕了，地球進入了一個新的時代。」

「那後來，這種細菌是怎麼滅絕的呢？」

「龍獸滅絕以後，紅恐症也消失了，因為沒有了傳播的途徑。」

幸福寶說：「你說的傳播是指生命？」

「沒錯。這種細菌是以消滅生命為目標，用心險惡！」

老虎問：「阿飛，你是怎麼知道的？」

阿飛說：「因為，鸚鵡是龍獸的後裔，我們是從一種鳥臀類的龍獸衍變而來的。」

「是真的嗎？」老虎吃驚地問，「野獸可以變成鳥，簡直是太神奇啦！」

2 倒楣的恐狼

夜色降臨，暗月無光。

熊貓一族全都愁眉苦臉的，害怕那隻昏迷的紅眼熊貓漸漸清醒過來，不過幸福寶已經想到了一個好辦法，他像獵人圍困野獸那樣，召集熊貓們在山崖前挖了一個大深坑，把紅眼熊貓丟進大坑裡面，等紅眼熊貓緩緩甦醒以後，也很難爬出來，他還準備了一些野果，留著危急的時候使用。

熊貓一族又疲憊又饑餓，無所事事地盤踞在山崖上，他們還在山崖前挖了好些個深坑，防止發瘋的熊貓衝上山崖。

幸福寶拖著滿身的疲倦，抱著一大捆竹子，坐在一塊山岩前啃得津津有味。鈴鐺跟幸福寶一起吃，彷彿那些翠綠的竹葉好吃極了。只有辣椒坐在幸福寶的對面，她捧著一大把鮮紅的辣椒，大口大口地吞咽著。一隻熊貓湊到辣椒跟前，結果一股沖鼻子的味道撲面而來，這隻熊貓劇烈地咳嗽起來，眼淚鼻涕一股腦地流出來，成一個大花臉。

老頑固說：「吃吧，吃吧，熊貓們，先將就一下，等情況有所好轉，我再領你們去吃肉。」說完，老頑固的眼圈紅了，他揀起一根竹枝，像模像樣地啃了起來，他的牙齒嚴重老化，啃了幾口，臉上顯露出痛苦的表情。

小黑、小白、小花盯著老頑固痛苦的神色，也啃起了竹子，他們的表情一點也不痛苦，反而吃得很開心，他們一邊啃，一邊讚賞說：「竹子的味道真好，真不賴，真的很好吃呀！」

老頑固淚花晶瑩地說：「你們都是懂事的好孩子，好熊貓。」

阿飛相當愜意地站在辣椒的肩膀上，品嚐著野山椒的味道，辣得整張臉孔鮮紅如血，渾身大汗淋漓，哇哇大叫，好像很過癮的樣子。

辣椒興奮地親了阿飛幾口，阿飛立刻跳起了快樂的舞蹈。

幸福寶把一堆竹葉推到老虎面前說：「老虎，你也吃點嘛。」

老虎謙虛地說：「謝謝，我不餓，熊貓小子，剛才我吃了一隻野兔。」

老虎的話一出口，有些追悔莫及。這個時候提起肉食，簡直比殺了熊貓還難受，熊貓們的目光頓時雪亮，紛紛用又羨慕又嫉妒的眼神投向老虎。好幾隻大熊貓立刻把老虎圍起來。

有些熊貓吃了一肚子的竹子，肚子裡咕嚕咕嚕一通猛叫，紛紛去找隱秘的地方進行消化，一時間，臭氣在山崖上蔓延，不過圍住老虎的大熊貓可是一點也不含糊，目光如同刀鋒一樣犀利。

一隻大熊貓說：「這隻花臉大貓吃過肉？」

另一隻大熊貓說：「他可能會感染上瘟疫！」

大熊貓們嚇了一跳，有的把嘴巴埋進泥土，有的則向後退去，有的用爪子在地上劃來劃去，露出兇猛的表情，紛紛叫喊起來！

「老虎，離開熊貓的領地。」

「花臉大貓，滾出熊貓的地盤。」

老虎有些傷心，沒想到這些熊貓都是些無情無義，翻臉不認人的傢伙。

阿飛在一旁大叫：「你們這些沒良心的傢伙，老虎曾經幫助你們擊退強敵，你們怎麼可以這樣對待他。」

幸福寶說：「是啊，老虎是好樣的，是幸福寶的朋友，幸福寶是一個英雄，老虎也是英雄。」

一隻大熊貓冷冷地說：「英雄有什麼了不起，再英雄，你也是隻熊貓，要維護熊貓一族的利益，這隻老虎吃了兔肉，必須從熊貓一族的領地裡趕出去！」

老虎大吼一聲：「走就走，我才不要和你們這些膽小鬼在一起，而且這裡被你們弄得臭氣熏天，好臭，好臭，好臭。」老虎說完，用一隻爪子掩住鼻孔，卻用目光瞧著幸福寶，他需要朋友，他不想獨自離開，他要和幸福寶一起走。

這個時候，老頑固扒開一叢亂草鑽了出來，因為拉了肚子，他好像更加虛弱，爬行都是踉踉蹌蹌的。老頑固說：「孩子們，現在是非常時期，瘟疫橫行，百獸流離失所，我們熊貓要團結，不可以隨便懷疑一個朋友，也不能隨便相信一個壞蛋。」

幸福寶說：「老頑固爺爺，我該怎麼辦？」

老頑固悲傷地說：「我身為熊貓一族的族長，肩負著熊貓一族的安危大任，所以，只好請你們暫時離開。」

幸福寶明白了老頑固的意思，老頑固是想讓他和老虎一同離開。老頑固的話很有威信力。

幸福寶點了點頭，說：「我和老虎一同離開。」阿飛叫道：「還有我，我才不要和那些沒情沒義的熊貓待在一起。」

老虎哈哈大笑，和熊貓小子在一起，有數不清的快樂，更何況還有一隻博學多才的鸚鵡。

那些充滿敵意的熊貓偃旗息鼓，紛紛讓路。幸福寶、老虎、阿飛向山崖下走去，送行的只有老頑固、鈴鐺、辣椒、小黑、小白、小花，更多的熊貓遙遠地觀望，彷彿他們是被瘟疫傳染的兇神惡煞。

幸福寶和熊貓們依依不捨，但是送行千里，終有一別，老頑固把幸福寶叫到一邊，咬著幸福寶的耳朵，悄聲說：「熊貓小子，我的意思，你明白了嗎？」

幸福寶心中一動，悄悄地問：「什麼意思，還不是要把我趕出熊貓一族。」

「笨蛋，你是一隻很特別的熊貓，爺爺怎麼捨得你走呢？」

幸福寶眼眶一熱：「爺爺。」

老頑固悄聲說：「我故意趕你走，是想讓你去幹一件大事，難道你還不明白麼？」

幸福寶說：「沒明白呀！是啥大事？」

老頑固剛要張嘴，辣椒忽然從後面撲了上來，大吼一聲：「熊貓不准說悄悄話，說悄悄話是卑鄙的行為！」

嚇得老頑固一縮脖子，想說的話又咽了回去，幸福寶也有點懼怕辣椒，呆呆地坐在那裡，沒想到辣椒上來緊緊地擁抱住他，對他說：「熊貓小子，拯救熊貓一族的重任都交給你啦！」

哦，幸福寶終於明白了，老頑固要說的大事，就是拯救熊貓一族的重任，可是要如何做起呢？沒等幸福寶琢磨明白，阿飛已經催促他趕快上路。結果幸福寶還沒有來及和鈴鐺擁抱一下，就被老虎用尾巴給拽走了。老頑固他們直到看不見幸福寶的身影，這才轉身返回山崖。

可是山崖前一陣大亂的時候，三隻幽靈般的身影出現在高大茂密的樹叢下，這裡隱藏著三隻恐狼——野王、詭刺、血刃，不過他們並不急於暴露自己，他們已經跟蹤熊貓很久了。

詭刺說：「老大，現在熊貓一族內訌，正是我們下手的好機會，熊貓肉唾手可得。」

血刃搖了搖頭，「我看沒那麼容易，那幾隻大熊貓好像瘋子一樣，見啥咬啥，我們還是慎重為好，不要熊貓肉沒吃到，反被熊貓咬上一口！」

野王沉穩而老練，他剛剛磨過自己的爪子，眼中閃著刀鋒般的冷光，他自信十足地說：「你們兩個給我安靜些，事情沒那麼簡單，熊貓小子一點也不好對付，更何況還有一群兇猛的傻熊貓，這些熊貓的行為現在很古怪，我們得把事情弄清楚，先要摸清楚對手的來龍去脈，連情況都沒弄明白，就糊糊塗塗地開戰，豈有此理！」

詭刺說：「老大，我去探聽一下熊貓的虛實。」不等野王答應，他已如箭一般竄了出去，向石崖飛奔。

野王嘆息一聲，對血刃說：「瞧見沒有，我還沒有說完，這傢伙就糊里糊塗地衝了上去，自以為聰明的傢伙，其實都是傻子。」

血刃說：「老大言之有理，詭刺肯定倒楣。」

話音未落，詭刺撲通一聲，掉進了熊貓佈置的陷阱。

鈴鐺和辣椒率領著小黑、小白、小花趕到陷阱前一看，中計的竟然是一隻恐狼。

鈴鐺說：「我們認識三隻狼，你是哪隻？」

詭刺自覺智謀超群，雖然比野王差了那麼一點點，但是對付這些傻熊貓，已經足夠了，他說：「熊貓妹妹，我的名字叫詭刺，我不是來傷害熊貓的，是來向熊貓一族表達友好善良的祝福的。」

辣椒說：「這隻大狼來得正好，我們還餓著肚子呢，他健康沒病，正好可以吃！」一句話點醒了眾多的熊貓，小黑、小白、小花圍繞著大土坑，死盯著詭刺，彷彿詭刺已經散發出香甜的味道。

詭刺感受到眾熊貓眼中的寒光，還有騰空而起的殺氣，他立刻喊道：「老大，救命，救命呀，熊貓太可怕了，熊貓們都瘋狂啦！」

「喊什麼喊，恐狼的臉都讓你給丟盡了，真是個不爭氣的東西！」

熊貓背後傳來血刃的叫聲，他站在一片黑沉沉的高崗上，伸著脖子，張大嘴巴，發出淒厲的嚎叫，隨後恐狼的老大野王閃亮登場，邁著輕鬆而愉快的步伐，向熊貓們跑來，嘴裡甜蜜地說：「熊貓們，你們一向可好啊！」

鈴鐺很有禮貌地說：「你好，野王。」

辣椒生氣地說：「野王，你做什麼來了，是不是想吃熊貓肉？」

野王說：「熊貓妹妹，你完全誤會我了，恐狼是來尋求熊貓幫助的。」

熊貓們簡直不敢相信自己的耳朵，三隻迅猛有力的惡狼，竟然來向熊貓求助，這裡怕有什麼圈套。熊貓們刷地閃開，從後面走出來熊貓中最具智慧的老頑固。

老頑固聽說恐狼們並沒有惡意，因此笑咪咪地說：「熊貓一族是寬容大度的，也是愛好和平的，不知野王來到這裡有何貴幹？」

野王說：「我來找熊貓中的英雄，熊貓小子！」

老頑固說：「不好意思，熊貓小子已經被我們趕跑啦！」

野王問：「為什麼？」

辣椒說：「哪來那麼多為什麼，想知道答案，自己去找熊貓小子好啦！」

野王被辣椒說的相當尷尬，這時，血刃從後面跟上，他站在陷阱的邊緣，甩下尾巴把詭刺給拉了上來。

詭刺驚出一聲冷汗，沒想到啊！那些看似遲鈍，笑容可掬的熊貓，也會像獵人一樣玩弄陷阱，真是太可怕了，但是更可怕的還在後面，一隻大熊貓用異樣的目光盯著詭刺。

血刃機警地和大熊貓對視了一眼，突然發現這隻大熊貓的雙眼，在夕陽的映照下血一樣紅。

大熊貓突然發動了攻擊，向前一竄，兩隻大爪子向著詭刺的腦袋拍下來，勢大力沉，帶著猛烈的勁風！

詭刺把頭一低，閃過大熊貓的爪子，可是這隻大熊貓好像沒有放過詭刺的意思，轉過身來，張嘴咬向詭刺的咽喉，詭刺見到大熊貓如此兇猛，完全是一副不要命的搏殺氣勢，嚇得魂飛魄散，要不是野王怒吼一聲，從後面發動攻擊，迫使大熊貓轉身應戰，詭刺感覺自己肯定要完蛋了，他死裡逃生，驚出了一身的冷汗。

這是一隻成年的大熊貓，身體強壯，行動敏捷，呼呼地喘著粗氣，準備向三隻恐狼發動新一輪的攻擊。

野王吃驚地叫道：「老頑固，你不是說，熊貓一族都是愛好和平的熊貓嗎，這隻大熊貓偷襲恐狼，這可不像是熊貓的風格。」

連說三遍，沒有老頑固的回應，野王扭頭一看，另外兩隻大熊貓，瞪著血紅色的眼睛，正從側後方死盯著他，而老頑固則率領著其餘的熊貓，慌慌張張地爬上山崖，嘴裡說道：「大狼，堅持住啊！熊貓們會來支援你們的。」

野王哼了一聲，「這個狡猾的老東西。」

血刃嚎叫道：「老頑固，快來管管這些大熊貓。」

老頑固說：「管不了啦！這些熊貓肯定是吃過腐爛的野獸屍體，全發瘋啦！你們千萬不要被他們咬到，否則，你們也會發瘋！」

三隻恐狼沒法理會老頑固的警告，紅眼大熊貓兇猛地撲了上來，三隻恐狼不敢與大熊貓交戰，只有不停地閃躲，很怕被大熊貓傷到。

老頑固叫道：「大狼，快點把他們引過來，這邊有挖好的陷阱。」

三隻恐狼向山崖跑來，但是熊貓們在岩石上亂跳亂叫，不讓恐狼靠近，三隻恐狼有點暈頭轉向，野王叫道：「老頑固，這些傢伙被傳染了什麼怪病？」

老頑固說：「是紅恐症！」說完，山崖上一片飛石如雨，紅眼大熊貓被打得嗷嗷亂叫，轉身又撲向恐狼！

三隻恐狼只好自認倒楣，玩命地奔跑！

3 兇險大戰

幸福寶、老虎、阿飛一路急行，翻過三座險峻的大山，這才停下腳步，躺在一片翠綠的山崗上休息。

老虎趴在一片樹蔭下，悠閒地舔著爪子，幸福寶枕著老虎的肚子打盹。

阿飛是隻閒不住的鸚鵡，他總愛動腦筋想問題，現在他對幸福寶說：「熊貓小子，從現在開始，我要傳授你一些從未學習過的知識。」

幸福寶問：「什麼知識？」

阿飛說：「是關於這些花花草草的秘密。」

「花草也有秘密？」幸福寶問，他知道這些花草是一種生命，難道阿飛要把生命的秘密告訴自己。

阿飛得意洋洋地說：「沒錯，凡是生命都有自己的秘密，花草樹木也不例外，我曾經有過一次奇妙的歷險，很久以前，在一個神秘的地方，生活著一群愛好和平的人類，這些人類被賦予了奇妙的智慧，其中有一位首領，本領神奇，他的名字叫神農。」

「神農？」

阿飛說：「沒錯，他認識天下所有的花草，他可以用花草醫治最頑固的疾病，不但能治療人類，更能給野獸治療傷痛，他是個神奇的傢伙，我們找到神農，或許能解除這場瘟疫。」

幸福寶說：「好，我們去找神農爺爺。」

說完，他們還有些累，於是接著打盹。可是一閉上眼睛，耳邊彷彿聽見一個細小的聲音在喊救命。

老虎睜開眼睛，對幸福寶說：「是不是我產生了幻覺？」

幸福寶說：「不是，我也聽見了。」

三個好朋友伏在草叢中仔細傾聽，草叢裡的聲音，順著一條崎嶇的小路若有似無地傳了過來，「救命，救命，誰來救救我呀！」

循著聲音的來源，幸福寶和老虎分開亂蓬蓬的荊棘，好不容易在一片亂石堆裡找到一個隱蔽的洞口，洞口前面荒草極深，洞穴裡面陰森無光，陰風颼颼，漆黑一團。

幸福寶大聲問：「是誰？是誰在喊救命？」

「我是一隻小雞，不小心掉到山洞裡，請好心的朋友救救我，我會報答你的。」

幸福寶說：「好吧，我們來啦。」他帶著老虎，向洞穴裡面探頭探腦地走去。

老虎安慰著洞穴裡的那隻小雞，說：「小雞，小雞，你不要慌啊，我和熊貓小子馬上下去救你，他是一隻好熊貓。」

洞裡的那個聲音說：「熊貓？是不是渾身肥乎乎的，圓頭圓腦很可愛的傢伙。」

老虎說：「沒錯，下去救你的，是一隻最可愛的熊貓。」

忽然，阿飛從空中竄了過來，鸚鵡的心眼多，憑著機智而圓滑的經驗，阿飛落在幸福寶的大腦殼上面，用力揮了揮翅膀，示意熊貓和老虎先退出洞外，然後試探地問：「洞穴裡的朋友，我認識的小雞有很多種，有珍珠雞、藍馬雞、火雞，你是哪一種小雞？」

洞穴裡回答說：「我是一隻火雞！」

阿飛拍著翅膀，哈哈大笑，用諷刺的口吻說：「哈哇哇，你是個騙子，熊貓小子不要上當，裡面根本不是一隻火雞，因為火雞生活在另一塊神秘的大陸上，根本不在這裡，這傢伙是一個不折不扣的大騙子！」

老虎聽說洞穴裡藏著一個大騙子，立刻大嘴一張，朝著陰森的洞穴內吼道：「老虎在此，你是個什麼騙子，快點顯形，老虎要吃掉你，為天地除害。」

幸福寶說：「老虎，不要嚇唬小雞，或許是小雞太害怕了，怕我們吃掉他，故意在說謊。」

阿飛說：「熊貓小子，善良的另一面是愚蠢，你知道嗎，等我去揭穿騙子的把戲。」說完，張開翅膀，嗖地一聲，在空中劃出一道優美的弧線，鑽到洞穴深處去了。

幸福寶眼巴巴地看著陰森森的洞穴，鸚鵡去的快，回來的也快，抖著一身凌亂的羽毛，慌慌張張地從黑暗中飛出來，臉色蒼白地大叫：「熊貓小子，快跑吧！怪物出來啦！」

阿飛用最快地速度衝向天空，一個龐然大物從陰森的洞穴裡一躍而出，利爪劃過半空，差點把阿飛給抓住，但是鸚鵡的速度快如閃電，他逃過一劫，僅僅折斷了幾根尾巴上的羽毛。

阿飛雖然沒受到傷害，但是他的飛行迷失了方向，哇哇大叫著，從天空中墜落，一頭栽進一片密林裡去了。

等怪獸落地之後，幸福寶才看清楚怪獸的長相，這是一隻難以形容的怪獸，這傢伙可能是一隻鳥，渾身覆蓋著稀疏的羽毛，小腦袋，長脖子，一張巨大的寒光閃閃的鷹鉤鐵嘴，但他的翅膀卻很小，和龐大的身體簡直沒法相比，翅膀上還有一對奇怪而鋒利的小爪子。怪獸正聳立著一對鋼鐵般的爪子，虎視眈眈地盯著幸福寶。

老虎大嘴一咧，身體向下一伏，擺出攻擊的姿態，問道：「熊貓小子，這是個什麼玩意？」

幸福寶說：「像鳥，又不像雞，不知道是啥，估計不是什麼好鳥！」

怪獸擰著眉毛，瞪著一雙凶光四射的眼睛，哈哈大笑說：「連泰坦鳥的威名你們都沒有聽說過嗎？不過，你們兩個還算是有點嚼頭，足夠我飽餐一頓。」說完，張開翅膀拍了幾下，脖子向後緊縮。

老虎以為這個大傢伙要飛起來，但是泰坦鳥太重了，根本飛不起來，而是彈跳起來，瞄準老虎的腦袋狠狠踢了一爪。

老虎把頭一偏，泰坦鳥的巨爪揚起一片飛沙，弄得老虎閉上眼睛，幸福寶從後面猛地一撞老虎，他們順勢滾了出去，泰坦鳥的爪子落空，在地面留下一個巨大的爪印。兩個好朋友在地上滾了幾圈，滾到一棵銀杏樹下，立刻挺身跳起，背靠樹幹，準備抵抗泰坦鳥的進攻。

泰坦鳥是一種兇殘成性的野獸，絕不會放棄到手的獵物。只見這隻大鳥一個大步趕到幸福寶面前，仰起脖子，用鋒利如刀的巨嘴，向幸福寶的腦殼一劈而下！

喀！

銀杏樹被一劈兩半，幸福寶敏捷地從泰坦鳥的雙腿間穿了過去，但是體形巨大的泰坦鳥一點也不笨重，轉動身形，快如疾風。幸福寶覺得頭上黑影一晃，立刻四爪朝天向後滾去，泰坦鳥鋒利的嘴巴緊貼著幸福寶的屁股，將地面劃出一道深深的裂痕！

第二次進攻又落空了，泰坦鳥微微一楞，心中狐疑，這是個什麼東西，滾來滾去，實在是畢生罕見的對手，因此動作緩慢下來，他倒要看看，熊貓小子有多大的能耐！

幸福寶滾回斷樹的邊緣，心中一片恐慌，從沒見過這麼兇狠的野獸，他和泰坦鳥四目相對，泰坦鳥竟然有點洩氣，無論什麼野獸，見了自己都要畏懼三分，但是這隻熊貓的眼中竟然沒有一點恐懼！

泰坦鳥抬起一隻爪子，跺了跺大地，幸福寶還在呆呆地發愣，不跑也不進攻，不知道在胡思亂想些什麼。

老虎在一旁大吼道：「熊貓小子，你傻了嗎？快點逃命吧！」

幸福寶好像充耳不聞，呆呆地看著泰坦鳥，四周殺氣瀰漫，山風靜悄悄地吹拂在葉片上。

老虎邁步朝著泰坦鳥的身後走去，準備和熊貓小子並肩戰鬥，可是沒等靠近泰坦鳥，阿飛像一朵輕盈的蓮花，落在老虎的腦袋上，厲聲說：「老虎，不要過去！」

老虎說：「什麼，臨陣逃跑，那我還算是熊貓小子的好朋友嗎？老虎的威風何在？」

阿飛噓了一聲說：「你要上去，那就是幫倒忙啊，現在是熊貓小子最危險的時刻！」

「阿飛，你什麼意思？」老虎忽然停下腳步，他感覺到熊貓小子的發呆隱藏著一股凌厲氣勢，這股氣勢有種舉重若輕的味道，連泰坦鳥彷彿都被震懾住。

阿飛說：「老虎，力量的大和小，強和弱，有時候不是你看到的樣子。」

老虎說：「他們會怎麼樣？」

阿飛說：「將是一場兇險萬分的戰鬥！」

叢林中瀰漫起一股濃濃的霧氣，泰坦鳥死死地盯住幸福寶的眼睛，而熊貓小子的眼睛好像一面平靜的大海，沒有一點點驚恐的神色。

泰坦鳥終於忍不住了，仰起長脖子，用巨大的嘴巴向幸福寶逼近。

幸福寶還是很鎮定，等泰坦鳥的大嘴劈向腦殼的時候，他才不慌不忙向泰坦鳥的肚子下面一滾，輕鬆地躲過攻擊！

瞬間，泰坦鳥連續發動猛攻，彎刀般的嘴巴和巨大的爪子輪番上陣，但是幸福寶並沒有立刻還擊，只是滾來滾去，這真是一個節省力氣的有效方法，把老虎看得有些癡呆呆的，嘴裡喃喃地說道：「還以為熊貓小子有什麼怪招，滾來滾去，太丟人啦！」

阿飛用翅膀狠狠地敲了敲老虎的腦袋：「笨蛋，熊貓小子不是簡單的逃避，而是在尋找泰坦鳥的弱點，難道你沒有發現嗎，以退為進，也是一種最好的進攻方法？」

老虎「啊！」了一聲，幸福寶的躲閃果然極有規律，只要泰坦鳥用嘴巴一劈，幸福寶立刻向大鳥的肚子下面滾動，泰坦鳥要用巨爪進攻，幸福寶則會向兩旁滾動，彷彿泰坦鳥的每一次進攻都會得手，但總是差了那麼一點點，累得泰坦鳥氣喘吁吁，卻無可奈何。

老虎說：「阿飛，我明白了，這隻大鳥是有弱點的，因為他實在太大，所以在快速的運動中很難保持平衡，而且他的進攻就那麼兩下，沒啥可怕。」

阿飛說：「這回你瞧明白了？」

「瞧明白了。」

「瞧明白了，你還不上，你要讓熊貓小子滾到什麼時候啊！」

老虎徹底明白了，心中充滿了感動，原來熊貓小子是在誘惑泰坦鳥，讓自己發現泰坦鳥的破綻，幸福寶真是一隻好熊貓。

老虎感動得眼眶濕潤，縱身向泰坦鳥撲去。

阿飛說：「老虎，既然知道泰坦鳥有什麼破綻，你應該有進攻目標了吧？」

老虎說：「沒有，但是我不能讓朋友獨自承擔這份危險。」

泰坦鳥感覺到老虎從後面撲來，連頭都沒回，他要專心對付熊貓小子，因此右爪一抬，朝後一踢，老虎扭身一閃，動作快如閃電，這可苦了阿飛，他被巨爪擊中，彈了出去，「哎呀」一聲大叫，羽毛亂飛，直接撞到一棵大樹幹上面，抓著兩根樹枝爬不起來了。

老虎閃過泰坦鳥的攻擊，縱身而起，像一道閃電落在泰坦鳥的背上，一口咬向泰坦鳥的脖子，但是泰坦鳥的脖子太長，老虎沒有咬到要害，泰坦鳥感覺脖子上傳來一陣劇痛，再也顧不得幸福寶，邁開長腿，衝進一片茂密的叢林。

泰坦鳥的速度快得像風，想把老虎甩下去，但是老虎是個死心眼，一心想咬死泰坦鳥，因此捨不得鬆口，跟著泰坦鳥鑽進一片茂密的叢林，腦袋被糾結的樹枝不停地撞擊，但是他依舊勇敢地堅持著。

幸福寶在後面拚命地追趕他們，忽然看見前面有一片竹林，他迅速爬到一根竹子上面，瞧見泰坦鳥撞倒了一大片翠竹，而老虎還騎在大鳥的背上，幸福寶急忙壓低竹梢，等竹梢彎曲的時候，他全身一縱，像流星一樣飛出，落向另一根竹子，然後再換下一根，如此的飛來飛去，相當的熟練。

泰坦鳥在竹林裡橫衝直撞，弄得傷痕累累，卻沒把老虎從脖子上弄下去，泰坦鳥又驚又怒，忽聽天空響起幸福寶的聲音：「老虎，別咬住大鳥的脖子不放，那樣很危險，快點下來。」

老虎睜眼一瞧，哈哈，幸福寶正在天空飄蕩呢，一根竹子接著一根竹子，不緊不慢的跟在後面，好像在盪鞦韆。

泰坦鳥一楞，這是什麼東西，從沒見過會飛的熊貓！

就在泰坦鳥發楞的功夫，幸福寶從竹稍上一躍而下，正好落在泰坦鳥的脖子上，泰坦鳥這下可有點傻眼，因為他的脖子粗大，但是轉動並不是很靈活，更不能將嘴巴掉轉過來，攻擊自己的脖子。

幸福寶抱住泰坦鳥的脖子，厲聲喝道：「大鳥，給我停下，不然的話，熊貓會咬斷你的脖子！」

泰坦鳥很無奈，也很害怕，立刻停下腳步。

老虎鬆開爪子，甩了甩頭上的冷汗，從泰坦鳥的脖子上一躍而下，轉到泰坦鳥前面，緊盯著這隻怪鳥。

4 獵人的陷阱

泰坦鳥的雙眼閃動著狡黠的目光，那是一種帶著怨恨的目光。幸福寶抓住他的脖子，一雙前爪在他的眼前舞動，故意冷笑著說：「泰坦鳥，如果你再不老實，立刻會變成一隻瞎鳥。」

泰坦鳥狡猾地說：「熊貓小子，這一切全是誤會，其實我是一隻善良而懦弱的鳥，喜歡欺負路過洞口的小傢伙，開個善意的玩笑。」

「不要相信這個騙子。」天空傳來阿飛的叫聲，他急急忙忙飛了過來，目的是要拆穿騙子的謊言。

幸福寶問：「阿飛，這隻大鳥是什麼來歷？」

泰坦鳥委婉地說：「我沒什麼來歷，泰坦鳥其實是火雞的親戚，但是我們比火雞能吃，我們吃素，吃小蟲，吃草，吃樹根，身體和嘴巴越長越大，食量也越來越大，總是愛餓，連我們自己也很苦惱。」

阿飛輕輕地落在泰坦鳥的大嘴上，笑咪咪地聽完泰坦鳥的解釋，咯咯大笑著說：「好一隻狡猾的大鳥，你的謊話只能矇騙熊貓小子和老虎，但是面對聰明絕頂的鸚鵡，你只好原形畢露啦！」

泰坦鳥委屈的表情下隱藏著一絲吃驚，他的故鄉距離這裡十萬八千里，他不相信這隻鸚鵡知道他的來歷。

阿飛說：「說起泰坦鳥的來歷，那是在很遙遠的地方，遠隔重洋，泰坦鳥算是一種龍獸的後裔，在恐龍滅絕的侏羅紀之後，成為一種最兇猛殘忍的猛獸，這裡不是泰坦鳥的故鄉，也不是泰坦鳥生活的大陸，泰坦鳥應該在幾千萬年以前就被滅絕了，如果說還可以存在，倒是有一種恐鳥，算是泰坦鳥的親戚，他們生活在遙遠的地方。」

泰坦鳥「啊！」了一聲，阿飛的話像針尖一樣，刺穿了他的謊言，讓他對這隻鸚鵡肅然起敬。

幸福寶一拍泰坦鳥的腦袋：「你個大壞蛋，還敢欺騙善良的熊貓，欺騙善良的老虎，我們得懲罰你。」

「熊貓小子，饒了我吧，我再不敢欺騙你們啦！」泰坦鳥沮喪地說：「我天生是好勇鬥狠的性格，天生愛吃肉，這不是我的錯啊！」

幸福寶想想，泰坦鳥說的倒是實話，於是問：「老虎，阿飛，我們該怎麼懲罰這隻大鳥。」

老虎正想說：「吃掉」。阿飛急忙用翅膀捂住老虎的嘴巴，搶著說道：「我們都走累了，用這隻大鳥充當腳力好了。」

老虎想了想，鸚鵡的主意似乎不錯，騎著一隻大鳥趕路，多威風啊。幸福寶也贊成阿飛的提議，於是，幸福寶問泰坦鳥：「大鳥，你願意送我們一程嗎？」

「好啊，只要你們不傷害我，我願意和你們做朋友。」泰坦鳥心懷詭計，但是表面不動聲色。

幸福寶大叫道：「太好啦！大鳥，謝謝你。」

泰坦鳥咯咯笑道：「我們都是好朋友啦，不必客氣。」前腿彎曲，慢慢地跪在地上，對老虎說，「上來吧，老虎。」

因為剛才咬了大鳥的脖子，老虎還有點不好意思，因此，小心地跳到泰坦鳥的背上，伸出舌頭舔著大鳥脖子上的傷口。

泰坦鳥邁開大步，一路狂奔，山林土崗如同一道道掠影向身後飛馳。

幸福寶和老虎抱著泰坦鳥的脖子，還以為大鳥用盡全力趕路，沒想到這隻大鳥包藏禍心，只聽耳邊風聲獵獵作響，速度之快，連老虎的尾巴都扯成一條直線，鸚鵡阿飛展翅急飛才能勉強跟上，但是時間一長，鸚鵡已經被泰坦鳥甩得沒影了。

老虎大叫：「大鳥，我們要去哪呀？」

泰坦鳥說：「一個神秘的地方？」

幸福寶問：「大鳥，你慢點，等等阿飛。」

泰坦鳥說：「阿飛是隻聰明的鸚鵡，他會追上來的。」說完，加快速度，帶著熊貓和老虎，登上一片陌生的山崗。

這裡山勢險峻，中間是一條狹窄的山路，兩側是兩座高聳入雲的山峰，泰坦鳥的腳步不知不覺慢了下來，山上有一片灰白色的石崖，石崖上塗滿了鮮紅的東西，好像是一幅幅鮮紅美麗的圖畫。

幸福寶說：「那些圖案一定是人類的傑作，大鳥，過去看看。」

泰坦鳥緩緩走近石崖，幸福寶和老虎一看到那些「圖畫」，馬上瞪大了眼睛——在犬牙交錯的石頭上面，並不是美麗的畫面，而是一抹抹觸目驚心的鮮血。更加讓人心驚膽顫的是，崖下的石叢中橫七豎八地躺著幾具屍體，這些屍體全是獵人打扮，有些人的手裡還拿著武器，腰間纏繞著醒目的黑白皮毛。

熊貓獵人！

幸福寶對泰坦鳥大叫：「快跑，有埋伏。」

隨著幸福寶的叫聲，一片飛石從山頭滾落，泰坦鳥差點被兩塊飛石砸中，飛石有鳥巢大小，滾落在石叢中濺起點點火星。

泰坦鳥晃動龐大的身軀拔腳飛奔。不可思議的是，那些躺在地上的屍體竟然動了起來，紛紛跳躍而起，這些熊貓獵人比野兔更敏捷，更靈活，手中的長矛好似一條條毒蛇，刺向泰坦鳥的腹部。

幸福寶和老虎緊貼在泰坦鳥的脖子上，恐懼的感覺像潮水一樣，人類不僅恐怖、強大、狡猾、殘忍，而且能想出裝死的妙計來誘惑野獸上鉤，簡直是太可怕啦！

危險還沒過去，一片黑色的箭影從背後飛來，沒等飛箭落下，幸福寶抱著老虎從泰坦鳥的脖子上跳了下去，落在一片荒草叢中，那裡的荒草有一人多深，非常適合隱蔽。

十幾枝飛箭刺中泰坦鳥的身體，泰坦鳥發出痛苦的吼叫，奪路而逃，一爪踢中了一個熊貓獵人的腦袋，這個獵人倒下了，但是更多的獵人瘋狂地撲上來。

一張大網從天而降，大網的邊緣纏繞著數十道網狀繩索，絞住了泰坦鳥的巨爪，泰坦鳥只好拖著大網奔跑，好多熊貓獵人齊心協力地拉動大網，在人類的力量面前，泰坦鳥終於屈服了，他張著一對弱弱的翅膀踉蹌了幾步，然後一個重心不穩，栽倒在地。

幸福寶和老虎趴在草叢裡一動不動，上百名熊貓獵人向泰坦鳥撲去，泰坦鳥彷彿已經成了獵人的美餐。

幸福寶趴在老虎的耳朵上說：「獵人很陰險，這裡不止一兩個陷阱，你跟著我，我們殺出重圍。」老虎點了點頭，他一直很欣賞熊貓小子的智慧和勇氣。

幸福寶低下又圓又大的腦袋，伸出前爪扒開荒草，翹起渾圓的大屁股向前爬去，老虎模仿著幸福寶的動作，在後面潛行。

爬了一段，幸福寶說：「停。」拐了個方向繼續爬行，老虎在後面一瞧，前面聳立著一塊巨石，老虎說：「熊貓小子，那隻大鳥怎麼沒動靜了，估計已經玩完了吧！」

幸福寶聳了聳兩隻大圓耳朵，四周寂靜無聲，他抬起頭，瞧瞧泰坦鳥是死是活，卻發現幾個熊貓獵人正向他靠近！

幸福寶大吼一聲，向熊貓獵人衝了過去，熊貓獵人吃了一驚，他們好像認出了幸福寶，心情有些緊張，一個拿著長矛，正在猶豫要不要出手，另一個舉著石斧，遲遲不敢動作。

幸福寶在熊貓獵人的眼裡是一隻神奇的熊貓，無論經歷多少磨難，總會絕處逢生！

還有兩名獵人跑向老虎，老虎有點膽怯，但是瞧見熊貓小子一點也不害怕，在草叢裡搖頭擺尾，憨態可掬，這難道是迷惑熊貓獵人的高招？老虎立刻模仿起幸福寶的樣子，先把尾巴藏在屁股底下，只露出短短一截，然後蜷縮起身體，鼓起臉頰，他想弄出一副熊貓胖嘟嘟的樣子，但是老虎的眼神太過凌厲，像是要吃人的樣子。

兩名熊貓獵人本來沒見過老虎，只見草叢裡斑斕一閃，一隻龐然大物在草叢中現身，完全是猙獰兇惡的模樣，他們立刻舉起武器，向老虎亂刺亂扎，同時呼喚更多的同伴前來幫忙。

老虎急了，難道這些獵人全是傻瓜，沒看見他和熊貓一樣可愛嗎？想到這裡，老虎又氣又惱，一爪子拍倒一個獵人，又一爪子把另一個獵人的屁股打開了花，兩名熊貓獵人發出哎呦呦的慘叫，轉身竄進草叢，連蹦帶跳地逃了。

老虎大獲全勝，而幸福寶還在和獵人僵持，老虎縱身一跳，張開血盆大口向獵人撲去，兩個獵人嚇得魂飛魄散，轉身跑向幾棵枯樹樁，老虎興致正濃，他不想傷害獵人，只想和獵人玩玩，讓他們知道老虎的厲害，因此邁開大步，朝著那幾棵樹樁追去，他要用鋒利的爪子把那些樹樁掃成平地！

幸福寶大喊：「老虎，回來，那裡有陷阱！」

老虎根本沒聽進去，一心想殺出重圍，大吼一聲：「熊貓小子，跟我來。」話音未落，撲通一聲，一個跟頭栽進陷阱。

逃跑的熊貓獵人突然殺了回來，幸福寶奮不顧身地衝了過去，直接落進一個陷阱裡面，好在下面是一張大網，並沒有尖銳的武器。

獵人們大笑，總算逮住了這隻熊貓，他們拽起大網，把幸福寶一股腦地兜了起來。幸福寶和老虎被獵人逮住了，因為老虎生得兇猛，所以，獵人直接把熊貓和老虎用大網裹起來，拖著他們走下山崖。

時間不長，一座座低矮的茅屋出現在樹林旁邊，還有一些老弱病殘的獵人，這些人面黃肌瘦，死氣沉沉，臉上寫滿了恐懼的表情。

原來，熊貓獵人的石城在大地震中毀滅之後，熊貓獵人一路流浪來到此地，他們是聰明的獵人，發現這裡山勢險峻，易守難攻，於是在這裡重新修築家園，襲擊過往的野獸，如果遇見流浪的人類部族，順便也幹點強盜的勾當。

熊貓獵人從沒想過，能再次活捉幸福寶，還有一隻大老虎，雖然他們還不知道老虎的名字，也沒見過長著這樣花紋的怪獸，但是熊貓獵人的首領興高采烈，準備把老虎剝皮抽筋，祭拜天地。

老虎和幸福寶被困在大網裡，他還傻傻地問幸福寶：「這些獵人幹嘛要抓我們？」

幸福寶說：「他們不是抓我們，是什麼都抓，天上飛的，地下跑的，全都是人類的獵物。」

老虎說：「人類會吃我們嗎？」

幸福寶說：「他們什麼都吃。」

老虎說：「我覺得他們喜歡吃熊貓，你瞧瞧他們腰間圍著的黑白皮毛，他們一定喜歡吃熊貓，現在是我們的生死關頭，想想如何逃命吧！」

5 被困險境

不遠處傳來一聲嘶啞的尖叫，幸福寶抬眼一瞧，泰坦鳥被綁在一根木樁上面，全身勒著數十道繩索，簡直把泰坦鳥綁成了一個大肉球，泰坦鳥的兩隻巨爪，一隻在流血，另一隻受了嚴重的傷害，斷了一根腳趾，一對翅膀被穿在一枝長矛上，脖子上留下不少的血痕，奄奄一息。

老虎說：「熊貓小子，你快看，大鳥沒死。」

幸福寶暗自吃驚，熊貓獵人正在石頭上磨刀，火星亂濺，一些獵人的孩子圍著泰坦鳥跳舞、打轉、流著口水，他們已經好些天沒吃到肉了。一個巫婆升起一堆篝火，準備舉行恐怖的祭祀儀式。

熊貓獵人把幸福寶和老虎分別捆在泰坦鳥兩側的木樁上面，幸福寶問：「大鳥，你好點了嗎？」

泰坦鳥嘆息著說：「還好，死不了。」語氣中充滿了對幸福寶的不屑與仇恨！

幸福寶說：「大鳥，不要生氣，阿飛會來救我們的。」

泰坦鳥說：「你說那隻鸚鵡嗎？他只會說大話。」

老虎說：「大鳥，別瞧不起鸚鵡，他是一隻神奇的鸚鵡！」

泰坦鳥說：「是呀，沒事的時候誇誇其談，有事的時候不見蹤跡。」說著，還睜開眼皮，瞧了瞧天空，結果，什麼也沒有。

幸福寶說：「鸚鵡會在最適合的時候出現。」

這個時候，一個獵人了走過來，他想試試刀鋒是否磨得鋒利，因此用刀鋒在老虎的腦袋上劃來劃去。

老虎害怕極了，豆大的汗珠順著脖子直淌，大哭著說：「熊貓小子，我可能真要完蛋了，獵人第一個想殺死的，原來是我呀。」

幸福寶說：「老虎別怕，你不會有危險的，阿飛會來拯救我們，相信我。」

老虎說：「這個鸚鵡阿飛，幹什麼都磨磨蹭蹭的，你倒是快點來呀！再不來，就看不見可愛的大老虎啦！」

熊貓獵人發現老虎淚水汪汪的，覺得非常好玩，立刻收回刀鋒，猶豫起來，要不要先拿老虎開刀。那邊，獵人首領和巫婆的祭祀正在如火如荼地進行，他們弄了一些野獸的骨頭，刻上圖案投進火焰，在焚燒的煙霧中跳起狂歡的舞蹈，臉上全都是滿足而癡迷的神色。

幸福寶看出了獵人的心思，他對老虎說：「老虎，你的表現好極了，你裝得越可憐，獵人才會越心軟，明白嗎，你的眼淚可能救了你。」

老虎的悲傷是真心流露，但是聽幸福寶這麼一說，反倒覺得有趣，竟然流不出眼淚來了，心裡卻更加害怕，好在獵人已經轉移了目標，朝著泰坦鳥走過去。

泰坦鳥大驚，但是他聽見幸福寶對老虎說的話，於是也裝起了可憐，不知道他想起了什麼悲傷的事情，淚水一個勁地流淌。獵人有一點手軟，又轉身朝老虎走過去，老虎不禁對著泰坦鳥發脾氣：「大鳥，你什麼意思呀，學人家裝可憐有意思嗎？」

泰坦鳥說：「老虎，我快要被獵人吃了，你說可不可憐。」

老虎盯著獵人的刀鋒，說：「大鳥，獵人又過來了，算你狠。」張開大嘴，嗚嗚地哭泣起來，不過這一次，老虎裝得有點假，乾打雷，不下雨，眼眶裡沒有一滴淚水，獵人覺得老虎有點狡猾，用刀背狠敲著老虎的腦袋，老虎被敲痛了，想到即將被獵人殺掉，真情流露，淚水嘩嘩直淌。

獵人又心軟了，腳步再次轉向泰坦鳥，泰坦鳥大叫道：「老虎，算你狠，比我裝得還可憐呢！」

泰坦鳥和老虎拼命裝可憐，這讓獵人們很為難，躊躇地走來走去，忽然，一個獵人自言自語地說：「這一次我已經下定決心，把這隻大鳥和這隻怪物一起幹掉！」

泰坦鳥大哭著說：「老虎，我們都上了熊貓小子的大當了，最會裝的是熊貓小子，他甚至都不用裝可憐，獵人就要把我們給殺了吃肉啊！」

獵人陰沉著臉走到泰坦鳥面前，舉起石刀對準泰坦鳥的脖子，想來個抹脖，突然茅屋裡面一陣大亂。

獵人停住刀鋒走向茅屋，想要看個清楚，茅屋裡傳來亂叫亂嚷的聲音，叫聲驚恐而慌張。

突然，一個獵人衝出茅屋，舉起一把石斧，砍在這名獵人的腦袋上，頭破血流，被砍中的獵人癱軟地倒了下去，另外衝上來幾個獵人，企圖把這名行兇的獵人制服，但是沒用，這名獵人好像特別瘋狂，在石斧被奪下的瞬間，張嘴咬住另一名獵人的手指，把那個獵人的手指咬下半截，鮮血淋漓的，獵人當場痛昏過去。

幸福寶和老虎不知道發生了什麼事情，但是泰坦鳥卻高興起來，說：「現在是逃跑的好機會，熊貓小子，快點想辦法！」

幸福寶的辦法還沒想出來，發瘋的獵人已經被制服了，但是制服他的獵人個個臉色蒼白，好像害了一場大病，連同被咬傷的獵人都給捆了起來。一場風波剛剛平息，另一間茅屋裡又竄出兩個獵人，這兩個獵人手持武器，見人就砍，又跳又叫，好像野獸一樣瘋狂！

幸福寶叫道：「老虎，快看獵人的眼睛！」

老虎說：「早看到了，那些獵人好像沒長眼睛，連自己人都砍，全是混蛋。」

幸福寶說：「我的意思是，看看獵人眼睛的顏色！」

「哦。」老虎一瞧，嚇得差點尿尿，驚叫著說：「紅的，獵人眼睛是紅色的！他們染上了紅恐症！」

幸福寶說：「沒錯！」

老虎說：「真是沒有想到啊，聰明的人類也在劫難逃！」

獵人的領地混亂起來，紅眼獵人越來越多，熊貓獵人好像很清楚紅恐症是多麼可怕，人人變得小心翼翼，很怕被同伴咬到，或者傷害到，有的傢伙乾脆向山峰下逃去。紅了眼的獵人更加瘋狂，毫無目標瘋狂攻擊，還把燃燒的篝火四出亂點，領地裡火光四起，叫喊、哭泣、嘶吼，到處都是，亂哄哄一片。

老虎看著倉皇逃竄的獵人，咧嘴大笑：「大鳥，我們倆安全啦！」

幸福寶說：「變得更糟糕啦，紅眼獵人越來越多，他們比野獸更瘋狂，更殘忍。」

老虎和泰坦鳥仔細一瞧，幸福寶說的沒錯，正常的獵人都跑光了，只剩下十幾個紅眼獵人，向他們三個圍攏過來。

老虎大吼一聲：「熊貓小子，紅眼獵人會不會咬我們？」

幸福寶說：「可能，如果我們被咬，也會變成瘋子。」

紅眼獵人越逼越近，幸福寶和老虎無比焦急，使出渾身的力量掙扎起來，但是木樁埋得很結實，紋絲沒動。

幸福寶說：「大鳥，這是我們最後的機會，如你不想變成一隻瘋鳥，快點拿出你全部的力量！」

泰坦鳥鼓足信心，爆發出全部的力量，縱身向上一跳，綁在身上的木樁拔地而起，泰坦鳥高高地衝上天空，但是身上還捆著繩索，結果，泰坦鳥重重地摔倒在地，翻滾著衝下了山坡，圍攏過來的紅眼獵人被泰坦鳥壓倒了三四個，其餘的紛紛躲閃，因為他們雖然瘋狂但卻不傻，被巨大的泰坦鳥碾壓過去，個個骨斷筋折！

「哇，哇，我好像又來晚啦！」天空中傳來阿飛的叫：「啊哈，這裡的情況好像很複雜呀。」

沒被泰坦鳥撞倒的紅眼獵人，兇猛地朝著幸福寶和老虎殺來，老虎大喊：「鸚鵡，快點，紅眼獵人殺過來啦！」

一道五彩光影閃過，阿飛筆直地飛下來，他的嘴巴很鋒利，像刀子一樣割斷了繩索。此刻，一個紅眼獵人已經殺到老虎面前，舉起長矛猛刺老虎的嘴巴，老虎沒客氣，張開大嘴咬住長矛。紅眼獵人並沒有轉身逃跑，而是出乎老虎的意料，縱身跳到老虎的背上，像野獸一樣咬向老虎的脖子。但是紅眼獵人的牙齒還沒碰到老虎的皮毛，就被幸福寶從後面撞了下去，幸福寶一躍而起，趴在老虎的背上說：「老虎，快跑。」

老虎嗷地一聲大吼，拿出猛虎下山的氣勢，閃電般地鑽進一片密林，幸福寶緊緊貼在老虎的脊背上，老虎專挑人跡罕至的地方行走，那裡的叢林又濃又密，枝葉藤蔓好像一條條鋒利的鞭子從幸福寶的屁股上劃過。

老虎帶著熊貓，接連越過三道險要的絕壁，這才停下來大口地喘息。幸福寶從老虎背上爬下來，趴在一片柔軟濃密的草坪上，好像心事重重的樣子。

老虎實在是累壞了，找了一塊陰涼的岩石，抖抖渾身的汗水，四爪平攤，靠在石頭上，肚子隨著他的喘息一顫一顫的，他笑呵呵地說：「熊貓小子，總算擺脫了那些可怕的紅眼獵人。」

阿飛從天空降落下來，語氣嚴肅地說：「老虎，你跑得太快了，連我的呼叫都沒有聽見。」

老虎說：「那有什麼關係，紅眼獵人簡直比魔鬼還可怕，我們已經擺脫他們了，我再也不想看見他們，討厭而兇殘的傢伙。」

阿飛嘆息一聲說：「那你站起來，向前走兩步瞧瞧。」

老虎沒明白鸚鵡的意思，但是從幸福寶的神色裡，他感覺出這裡的氣氛有些不大尋常，因此他挺起胸膛，走了兩步，驀地停下腳步，前面已經沒路，是一片湛藍色的天空，還有輕柔漂浮的雲朵，來去無蹤的風，老虎的腳下是一片灰白色的山崖，山崖之下是萬丈深淵。

老虎現在很鬱悶，俗話說，上山容易，下山難，巍峨險峻的大山上，困住了熊貓和老虎，半山腰裡是那些瘋狂兇殘的紅眼獵人，而且紅眼獵人的數量好像越來越多。

幸福寶推斷，紅眼獵人是吃了腐爛的野獸才被傳染上的，但是沒有被傳染的熊貓獵人並不甘心失敗，他們在山腳下重新聚集起來，修築一些簡單的防禦，顯然是要對抗半山腰裡那些被傳染的紅眼獵人，至少他們得把這些紅眼獵人困在山峰上，不能讓所有的熊貓獵人都變成瘋子！

幸福寶、老虎、阿飛也在開始動腦想辦法，他們不能留在這裡，如果留在這裡，他們即使不變成瘋子，也會變成獵人的美餐。但是想要衝出重圍，不是一件輕而易舉的事。

老虎的爪子受了傷，那是在飛躍絕壁的時候，被尖銳的石頭劃傷的，正在緩緩地滲血。阿飛不知從哪裡叼來一枝青草。

老虎問：「阿飛，你要做什麼？」

阿飛說：「當然是給你治傷，熊貓小子，你要看仔細了。」

幸福寶仔細盯著阿飛帶回來的野草，葉片是長條形，花莖上盛開著一朵球狀小紅花，紅綠相映，煞是好看，這種花隨處可見，沒什麼特別。

阿飛讓老虎摘下兩片葉子，放在嘴裡咀嚼，再把嚼碎的汁液塗抹在傷口上，說來也怪，當老虎把這些汁液塗抹到爪子上以後，一股溫暖而清涼的感覺沁透了心扉，他覺得不那麼痛了，流血好似也慢慢止住。

阿飛說：「熊貓小子，神奇吧！」

老虎說：「真的很神奇啊。」

幸福寶再次審視那株野草，發現這株綠草其實很特別，一株只長三個葉柄，每個葉柄上有七片葉子，全都如此，不多不少，七片葉子。

阿飛說：「熊貓小子，這種草叫做田七，還有個別名叫金不換，有兩億五千萬年的歷史，是一種遠古神草，對於止血止痛，療效神奇呢！」

幸福寶問：「阿飛，這些知識你是怎麼知道的？」

阿飛說：「神農告訴我的，我們曾經有過數面之緣。」

幸福寶莫明地激動起來，巴不得快一點找到神農，好解救熊貓一族。於是，他和兩個好朋友商議，決定等到天黑之後，無論如何也要從山峰上突圍！

6 雨夜狂奔

天色昏暗，萬籟俱寂。

幸福寶摟著老虎睡得正香，卻被鸚鵡的大嗓門給吵醒了，阿飛大叫著：「醒醒，醒醒，別睡啦，趕快行動，我們要上路啦！」

幸福寶睜開睡眼，深藍色的天幕上，沒有一點星月的蹤跡。

阿飛問：「熊貓小子，你在找什麼呢？」

幸福寶說：「我在尋找北斗七星，它會指引我尋找上路的方向。」

阿飛說：「今夜有暴風雨，北斗七星隱藏起來了，你找不到，但是有我在，我比那些星星更聰明，跟著我走，沒有我不知道的地方。」

阿飛的話說得震天響，老虎也清醒過來，爪子上的傷口好了很多，他抖擻精神，準備一鼓作氣衝下山峰。

半山腰的火焰早已經熄滅，而山腳下燈火通明，熊貓獵人在山腳下點起五大堆篝火，山風將篝火吹得滋滋作響，手持長矛的熊貓獵人布好陷阱，等紅眼獵人的進攻。

老虎瞧了瞧山下，問：「熊貓小子，紅眼獵人怎麼不見了？」

幸福寶說：「你仔細看，全藏在密林裡。」

果然，山腳下的一片密林中黑影幢幢，如同鬼魅一般閃來閃去，紅眼獵人像猴子一樣在枝葉間蕩來蕩去。他們好像很懼怕火光，一對對紅色的眼珠在黑暗中閃爍著野獸般的光芒。

幸福寶說：「你們看到了嗎？紅眼獵人的行動像狼一樣敏捷。」

老虎說：「難道被瘟疫傳染以後，會增加邪惡的力量？」

幸福寶點點頭，至少他是這樣認為的，因為傳染上紅恐症，熊貓獵人變得更加可怕，衝下山峰的行動又增添了一分危險！

但是老虎沒有什麼可擔心的，他要找回屬於自己的威風和自信，無論誰擋在面前，他都要大開殺戒！

老虎叫幸福寶騎到背上，阿飛在前面帶路，三個好朋友一路風馳電掣，悄悄來到半山腰，這裡曾是熊貓獵人的領地，被大火燒得精光，地面上殘留著煙火與灰燼的味道，斷壁殘垣一片廢墟。

幸福寶和老虎走過人類的建築，驚嘆地發現人類的窩搭建得相當精妙，絕不是一般野獸能比的，如果地球上的人類全部感染上這種可怕的疾病，那將是一場恐怖的災難！

他們穿過獵人的領地，向最近的一片叢林走去，幸福寶告訴老虎，不要亂叫，紅眼獵人就藏在密林裡。老虎雖然不害怕，但是很緊張，獵人的長矛和弓箭可不是鬧著玩的。他繃緊肚皮，高抬爪，輕落步，借著黑夜的掩護，緩緩地接近密林，等到只有十幾步的距離，老虎開始加速，最後，他帶著幸福寶像閃電一樣，衝了過去。

老虎的速度夠快，幸福寶趴在老虎的背上，感覺頭上的樹葉像飛了一樣，但是黑暗中好似有什麼東西在動，夜空中燃燒起一顆顆紅色的星星，那不是星光，而是獵人的目光，殘忍、饑餓，還有點機警。

他們被紅眼獵人發現了，一條黑影從空中掠過，幸福寶驀地從老虎的背上豎直身體，兩隻前爪朝著獵人刷刷飛舞，狂亂地攻擊，他把爪子磨得很鋒利，在黑夜裡閃動著犀利的光芒！

幸福寶的爪子落空了，黑影從幸福寶的頭上飛過，像猴子一樣竄上另一棵樹梢。幸福寶一愣，另一條黑影從背後跳了過來，向幸福寶發動突襲，好在紅眼獵人像野獸一樣瘋狂，手中沒拿武器，因此幸福寶並沒有受到什麼傷害，只是被紅眼獵人一腳踹下虎背，屁股摔得生痛。

幸福寶落在地上立刻蜷縮成一個肉球，飛快地向前滾動，而老虎則在一旁守護著幸福寶，兩個好朋友一路飛馳，不畏艱險，不離不棄！

密林上空沙沙作響，黑影如同幽靈般飛舞，緊追不捨。幸福寶和老虎衝出密林，連滾帶爬地竄到一片耀眼的火光下面，熊貓獵人紛紛大叫起來，舞動長矛，向著幸福寶和老虎的腦袋飛來。

老虎和幸福寶並沒有退縮，而是勇敢向前，這一下打亂了熊貓獵人的防禦計畫，熊貓獵人從沒有想過，在強大的武器面前，野獸竟然有這樣的勇氣，當他們看清楚是幸福寶的時候，說不出的震驚，有的熊貓獵人已經垂下了武器。

幸福寶和老虎跳到一堆篝火前面，幾個紅眼獵人正在後面追趕。老虎一甩尾巴，朝著地面一掃，帶著一股風雷萬鈞的氣勢，幾根燃燒的木棍被老虎的尾巴掃得飛了起來，砸中了一個獵人的腦袋，獵人身上的獸皮被點燃，他大叫著倒在地上，一道火光滿地亂滾，幸福寶和老虎趁機鑽進熊貓獵人的隊伍中。

熊貓獵人紛紛閃躲這兩隻猛獸，因為密林中的紅眼獵人跟著衝了過來，這些紅眼獵人像野獸一樣，亂吼亂叫，滿地亂跑，而且身手靈活，瞪著猩紅的雙眼，見人就咬，他們只是不敢靠近篝火。

一個熊貓獵人面對昔日的同伴有些手軟，抓著一枝長矛，猶豫著是不是進攻，兩個紅眼獵人從後面把他撲倒，張嘴就咬，受了傷的獵人痛苦地大叫，奮力掙扎跳了起來，像兔子一樣撒腿就跑。

山腳下一陣大亂，熊貓獵人舉起武器對抗紅眼獵人，老虎和幸福寶夾雜在混亂的人群中，只聽見阿飛在頭上叫道：「這邊，熊貓小子，這邊。」

幸福寶和老虎尋著聲音跑過去，迎面卻飛來一片刀光劍影，還有亂丟的石頭，幸福寶的腦袋挨了好幾下，連熊貓獵人也變得瘋狂起來，亂砍亂刺，只盼望紅眼獵人不要咬到自己。

結果，阿飛丟下一片凌亂的羽毛，嚇得鑽進夜空，幸福寶和老虎找不到鸚鵡，只好隨著潰敗的熊貓獵人，沒頭沒腦的狂奔。

夜空中劃過一道電光，如同一條白龍墜落山顛，伴隨著一聲巨響，峰顛的岩石被閃電劈得粉碎，碎石從山體上脫落下來，向山腳下滾落，發出轟隆隆的巨響，滾落的巨石衝進密林裡開闢出一條寬闊的大道，樹木發出的折斷聲被一陣響徹雲霄的雷聲淹沒。

雨點似箭，密密麻麻地滴落在幸福寶的腦袋上，這場大雨來勢洶洶，曠野上轉眼已是雨霧飄渺，電光閃耀，熊貓獵人點燃的篝火瞬間被大雨撲滅，只有在電閃雷鳴時，依稀能見到蒼白而驚懼的臉孔！

四周漆黑如墨，糟糕的情況出現了，幸福寶和老虎跑散了，老虎頂著大雨，站在風中冷得發抖，張著大嘴吼道：「熊貓小子，你在哪呀，你在哪呀？」喊聲一起，紅眼獵人立刻發現了目標，快速朝著老虎沖來，借著雨幕與黑夜的掩護，一擁而上！

老虎怒吼道：「你們這些卑鄙的紅眼兔子！」

幸福寶透過厚重的雨幕發現了老虎的蹤跡，他朝老虎跑去，但是喀嚓一聲巨雷，幾道閃電同時將曠野照耀得亮如白晝，幸福寶看見老虎喘息著跑過來，幾名紅眼獵人倒在泥濘中發出痛苦的呻吟，他們的腿已經被老虎的爪子弄斷了。

幸福寶關切地問：「老虎，你沒受傷吧！」

老虎說：「當然沒有，這些紅眼兔子看著挺凶，其實他們很軟弱，沒有武器，啥都不是，還想跟老虎較量，簡直是不自量力，熊貓小子，快點爬到我的背上，我帶你去避避雨，那隻死鸚鵡也不知道飛哪去了，還說自己很行，我看，他就是個吹牛大王。」

「你說誰是吹牛大王。」

一道靈巧的黑影落在老虎的腦袋上，鷃鵡渾身全濕透了，羽毛一縷一縷的，還在淌水，他用翅膀在老虎的腦袋上狠狠地抽打，老虎覺著很癢，而且鷃鵡羽毛上的雨水都流進他的眼睛裡去了，老虎急忙道歉：「對不起呀，鷃鵡，我最近火大，想好好地撒野，原諒我，其實你不是總愛吹牛。」

阿飛說：「哈哈，壞老虎，你還是說我愛吹牛呀！」

幸福寶說：「你們別鬧了，我們現在得找個地方避雨。」

阿飛說：「跟我來吧，我找了一個避難所。」

幸福寶爬到老虎的背上，阿飛站在幸福寶的腦袋上，向前一指，老虎馱起熊貓小子向一片漆黑的雨幕跑去，很快將雷聲，雨聲，還有獵人的咆哮和呻吟聲拋進一片滂沱的大雨。

沒跑出很遠，阿飛說：「前面就是。」

濃濃的雨霧裡橫臥著一片黑色山崗，山崗前裸露著一個漆黑的洞口，洞口前面斜支著幾株高大的古柳，常青藤在洞口前飄蕩，爬滿了山崖。

幸福寶扯斷幾根青藤，帶著老虎和阿飛走進岩洞，裡面很寬敞，能容納十幾頭熊，而且越往裡面走越寬敞，洞穴相連，彎曲盤旋，水滴從洞壁上的鐘乳石上緩緩滴落，外面暴雨傾盆，山風呼嘯，而洞內幽寂無聲，水滴清脆，安靜而神秘。

老虎打了滾，躺在一塊石頭後面，他的野性收斂了不少，安靜的山洞除了陰冷的山風，真是一塊絕妙的休息場地。幸福寶躺在老虎的懷裡，阿飛躺在幸福寶的懷裡，三個好朋友緊密地擁擠在一起，抵抗著雨夜的寒冷，聆聽著雨點像鼓聲敲打著岩洞的四壁，像是一首氣魄雄壯的交響樂。

幸福寶在洞穴一角發現了一些石塊，不是天然的，而是楞角分明，有被磨過的痕跡，還有一片燃燒過的草木灰燼，幸福寶謹慎地問：「阿飛，這裡有人類的痕跡。」

阿飛說：「放心好了，這裡是人類遺棄的山洞，非常安全，我已經檢查過了，我們可在這裡避避雨，等大雨過後，再上路。」

幸福寶信以為真，閉上眼睛準備睡覺，老虎的身體熱乎乎的，幸福寶渾身的毛很快被烤幹了，然後是鸚鵡阿飛，他抖了抖乾爽的羽毛，磨蹭著熊貓的肚子，熱得渾身出汗，沒法入睡。

幸福寶正要平靜地進入夢鄉，洞外卻傳來一陣輕微的腳步聲，那是只有人類才能發出的聲音。幸福寶相當緊張，他拍了一下老虎，老虎從地上跳起來，要衝出去拚命，幸福寶抓著老虎的耳朵說：「老虎，不要衝動，我們可以暫時躲避一下。」

老虎問：「熊貓小子，不過是幾個獵人，我們聯手，殺他們一個落花流水。」

幸福寶說：「我們的確有力量殺出去，但是我們不能趕盡殺絕，而且人類所遭受的苦難一點也不比我們少。」

老虎說：「熊貓小子，你有一顆慈悲的心，好吧，你說該怎麼辦？」

幸福寶說：「我們藏到後面，不讓獵人發現我們。」

阿飛說：「很妙，我同意。」

老虎說：「熊貓小子，你怎麼不早說，我最愛玩這種躲貓貓的遊戲。」

7 約定

幸福寶、老虎、阿飛，剛跑到後面的洞穴裡藏好，幾名熊貓獵人走進洞穴，好似落湯雞一樣，一邊唉聲嘆氣，一邊脫下淋濕的獸皮，他們弄了一些乾枯的樹枝，拾起幾片石塊鑽木取火，枯木很快燃燒起來，一團篝火在洞中散發出溫暖的火光，整個洞穴被光明點亮！

光明向洞穴深處擴散，幸福寶和老虎向裡面縮了縮，忽然碰到一隻爪子，這隻爪子很大，差點讓幸福寶驚叫出來，接著一對翅膀把他摟住，那雙帶著血腥的翅膀散發著一種熟悉的味道。

幸福寶扭頭看見一雙兇狠而又可憐的眼睛，一個龐大而溫暖的身軀——泰坦鳥！

泰坦鳥竟然沒死，幸福寶、老虎、阿飛無比震驚地瞧著這隻大鳥，泰坦鳥半跪半臥在地上，瞳孔中放射出驚慌的光芒！

幸福寶幾個陷入一片可怕的沉默，幸福寶迅速檢查了一下泰坦鳥的傷勢，泰坦鳥的傷勢很嚴重，一隻爪子斷了，想必是滾落山崖的時候折斷的，胸前的肋骨也有斷裂的痕跡，脖子上的傷口已經不再流血，饑餓讓這隻大鳥虛弱無力，想發狠，也狠不起來了。

幸福寶鬆了一口氣，已經不用懼怕這隻大鳥了，現在泰坦鳥比他們還要恐懼，因為他太虛弱了，如果被獵人發現，他連逃走的機會都沒有，完全任人宰割。

正在這時，洞穴外面又來了一群不速之客，熊貓獵人立刻無比緊張，迅速撲滅篝火，向幸福寶和老虎這邊跑來，動作又輕又快。

老虎有點發毛，以為自己被熊貓獵人發現了，正想大吼一聲，衝出去和熊貓獵人拼個你死我活。幸福寶馬上拽住老虎的尾巴，阿飛捂著他的大嘴，帶著泰坦鳥向洞穴深處跑去。

熊貓獵人並沒有發現熊貓幾個的存在，與此同時，洞穴前的雨簾一閃，竄進幾條人類的身影，在黑暗中閃動著魔鬼般的赤紅色目光。

紅眼獵人！

幸福寶、老虎、阿飛，一動不動，像石頭一樣。熊貓獵人也一動不動，他們正趴在幸福寶幾個待過的地方，像石頭一樣紋絲不動。

紅眼獵人像是一條條惡狼，東聞聞，西嗅嗅，覺察到了一絲不同尋常的氣味，有兩個紅眼獵人已經向洞穴深處爬來，手腳並用，快似猿猴。

幸福寶依然保持不動，如果被獵人發現，將是很嚴重的後果，老虎緊張得鬍子都豎了起來，一雙虎眼瞪得溜圓。

紅眼獵人一邊嗅著空氣裡的味道，一邊伸出雙手亂摸，眼看摸到一個熊貓獵人的鼻子，他忽然縮回手，跳了起來，像猿猴一樣，跑到洞口傾聽，接著四分五散，在洞穴裡隱藏起來。

幸福寶、老虎、阿飛，三個好朋友在黑暗中交換了一下眼神，他們雖然摸不透紅眼獵人的怪異行為，但是他們隱約感覺到，洞穴前又有事情發生。

果然，洞穴前來了三隻不速之客，三隻恐狼披著滿身雨水鑽進洞穴，他們是從熊貓領地裡逃出來的，差點被紅眼熊貓吃掉，一路追蹤著幸福寶的氣味來到這裡。

恐狼是追蹤獵物的高手，一進洞穴，血刃就嗅出與眾不同的味道，他說：「老大，這裡有獵人的氣味。」

野王說：「大驚小怪，這個洞穴如此隱蔽荒涼，怎麼會有獵人，我倒是聞到了熊貓小子的氣味。」

幸福寶無比鬱悶，看來恐狼想吃熊貓肉的幻想，依然沒有死心，三隻恐狼會像鬼魂一樣，死纏著自己。

野王向著洞穴深處嚎叫：「熊貓小子，出來，別躲躲藏藏的，英雄可不是膽小鬼，出來吧，熊貓小子！」恐狼的嚎叫淒厲而尖銳，在寂靜的洞窟中顫動，產生強烈的回應。

詭刺走到野王身邊，低聲道：「老大，這裡有些詭異。」

野王冷冷地說：「你們兩個恐怕是和熊貓接觸得太久，膽子都變小了，看我的威風！」

野王嗷地發出一聲嚎叫，撲向幸福寶藏身的地方。幸福寶覺得野王可能要壞事，這傢伙不知道深淺，洞穴上面藏著兩個紅眼獵人，而在另一側，熊貓獵人已經把長矛悄悄地舉起，野王傻傻地衝過來，還不知道，此刻已經大難臨頭！

幸福寶再也憋不住了，大叫一聲：「野王，快跑，洞裡面有埋伏！」

熊貓小子的叫聲在洞穴裡回蕩，熊貓獵人和紅眼獵人全都大吃一驚，身邊居然隱藏著野獸，這些野獸真是太狡猾啦！

幸福寶的藏身之處已經暴露了，正當獵人們楞神的時候，阿飛在泰坦鳥耳邊大叫一聲：「衝！」

泰坦鳥的反應異常迅速，因為他的一條腿瘸了，害怕衝不出去，所以阿飛一叫，他立刻以一條腿著地，縱身跳了出去，誰知道他這樣一衝，反倒是有些冒險，獵人在黑暗中發現一大團黑影撲面而來，瞧不清楚是個啥東西，只覺得恐懼無比，立刻將手裡的武器紛紛飛出。

撲！撲！撲！

三枝長矛刺中了泰坦鳥的胸膛，兩隻石斧砸中了泰坦鳥的腦袋，泰坦鳥的傷勢雪上加霜，胸口傳來一陣撕裂般的劇痛，他大吼一聲：「鸚鵡，你可害了我啦！」單腿一軟，栽倒在地。

老虎嗷地叫了一聲，他可不管泰坦鳥的死活，踩著大鳥的身體衝了出去，幸福寶很怕老虎沒深沒淺中了獵人的詭計，因此在後面緊跟著老虎。

泰坦鳥大哭：「帶我走吧，熊貓小子。」

幸福寶的心柔軟了一下，腳步一緩，正在猶豫的時候，兩名紅眼獵人從後面衝了上來，一名紅眼獵人掐住幸福寶的脖子，一名紅眼獵人來咬幸福寶的耳朵，冷不防阿飛從後面飛了過來，一口啄傷了一個獵人的眼睛，紅眼獵人捂著眼睛滿地亂滾。幸福寶用爪子掰開纏繞在脖子上的手指，向前一滾，用盡全身的力量將獵人甩了出去。

砰，被甩出去的獵人撞到一塊岩石上，滾落在三隻恐狼的腳下。三隻恐狼完全不知所措，那些瞳孔裡閃耀著紅光的獵人，著實讓三隻恐狼說不出的恐懼，血刃正想咬一口獵人，幸福寶已衝了過來，說道：「血刃，不想變成瘋狼，就別動那些紅眼獵人。」

野王啊了一聲，追問：「熊貓小子，你得解釋一下，這是怎麼回事？」

幸福寶可沒時間解釋這一切，他停下腳步，想起了大鳥，泰坦鳥還留在洞穴裡。

阿飛從身後催促熊貓小子：「快點逃命吧，熊貓小子，那隻大鳥已經完蛋啦，我親眼看見兩個紅眼獵人抓住他的翅膀，慘不忍睹啊。」

幸福寶沒時間思考，好些紅眼獵人圍了過來，他只有逃跑。而洞穴裡還在搏鬥，廝殺，發出痛苦的嚎叫。

幸福寶幾個一直跑到天光大亮，雲收雨駐，一輪紅日躍上碧藍的天空，釋放出萬丈光芒，大地山河好似又恢復了往日的安寧與溫暖。

幸福寶跑不動了，老虎上氣不接下氣，三隻恐狼耐力十足，跟在熊貓小子的後面跑了一夜，也不知疲倦。阿飛一點也沒累著，他一直趴在老虎寬闊圓潤的後背上，偶爾還打了一個盹。

三隻恐狼很想弄清楚是怎麼回事，所以非要找幸福寶刨根問底。他們不敢去招惹老虎，而是湊近幸福寶。

野王拿出謙虛的姿態，問道：「熊貓小子，究竟是怎麼回事？我們曾經並肩戰鬥過，可不要對我們隱瞞什麼秘密呀！」

血刃說：「沒錯，熊貓小子，給我們說說，洞穴裡那隻怪物是個什麼東西，我覺得像鷹又像雞。」

詭刺說：「熊貓小子，那些紅眼獵人是怎麼回事，難道人類也將面臨一場浩劫嗎？」

幸福寶倚在一棵大松樹旁，渾圓的肚皮一起一伏，劇烈地喘息著點了點頭，將四個爪子攤開，不時地梳理一下肚皮上雪白的皮毛，嘆息著說：「大狼，你們從哪來，還是回哪去吧，這裡可不是你們的家園，那隻大怪物叫泰坦鳥，不知是從哪來的，據說這傢伙是生活在幾千萬年前的龍獸，還有那些紅眼獵人，你們也看到了，現在紅恐症肆虐大地，只要被咬上一口，你就完蛋了，我們正在尋找解決瘟疫的方法。」

野王眯起眼睛問：「熊貓小子，聽你的語氣，似乎找到了對付這種瘟疫的方法。」

幸福寶說：「我們在找一個人，他的名字叫神農，他也許能解除這場災難。」

「神農？」詭刺說，「以我這樣見識廣博的恐狼，都沒聽過他的名字，會不會是一個騙子。」

阿飛不高興地說：「你才是騙子，神農是一個具有大智慧的人類，善良、慈祥、謙和、睿智、大度，他是人類的好榜樣。」

詭刺發出一聲輕笑，用爪子在樹幹上磨了兩下：「鸚鵡，你得了人類什麼好處，竟然幫著人類說話，人類獵殺我們，訓練我們，甚至殘忍地驅逐我們，毀滅野獸的家園，你的腦子進水了吧。」

幸福寶說：「大狼，你們的看法有點幼稚。」

「我們幼稚？」野王嘿嘿冷笑，「熊貓小子，說出恐狼的經歷能嚇死你，恐狼經過萬水千山，大大小小的戰役經歷過無數次，每一次都是九死一生，但是恐狼從沒有放棄過，在野王的英明領導下，總是可以力挽狂瀾，扭轉乾坤，置之死地而後生。」

血刃和詭刺不禁笑咪咪地，用敬仰的目光看著老大，但是耳邊卻傳來老虎輕蔑的笑聲：「接著吹，能把天捅個窟窿。」

兩隻恐狼立刻對這種破壞興致的行為表示抗議，但他們知道老虎惹不起，因此轉而對幸福寶說：「對於不尊重恐狼的傢伙，恐狼有權不和他說話。」

老虎樂了，這幫傢伙還知道保持尊嚴。幸福寶說：「大狼，關於你們的英雄事蹟，有機會我會仔細聆聽，但是現在，我們要面臨一場從未有過的浩劫，我們必須對災難宣戰！」

三隻恐狼立刻安靜下來，聽聽幸福寶說些什麼。

幸福寶說：「為了控制災難進一步擴大，我們應該團結一切力量，包括人類，共同對抗這場災難，因此，我們必須用最快的速度找到神農。」

野王擺出老練的架勢，說：「言之有理。」

幸福寶說：「所以，我們要分頭尋找，我們向東尋找，你們向西尋找，阿飛負責來回傳遞消息。」

阿飛說：「好的，鸚鵡義不容辭。」

三隻恐狼拿出不肯服輸，仰起頭顱，向著遠處的山野發出長嚎「嗷！嗷嗷——」

幸福寶說：「既然大家同心協力，我們在分別前彼此珍重，祝大家好運吧！」說完，他爬到野王面前，熱烈地擁抱了恐狼的老大，恐狼沒想到熊貓小子會來這一手，野王相當激動，眼眶都濕潤了，幸福寶接著又擁抱了詭刺和血刃，對他們兩個深情地說：「保重，拯救地球的重任全靠你們啦。」

兩隻恐狼十分感動，想吃熊貓肉的念頭早就忘得一乾二淨，熱切地回應著熊貓小子的擁抱。

告別的時刻總是短暫的，恐狼們立刻啟程，向西面的山谷進發，去尋找神農的蹤跡。三隻恐狼還不時地回頭望望，幸福寶的身影一直佇立在山峰上，揮著爪子，深情地告別。

一直跑了好遠，已經看不到熊貓小子的身影，野王才喊了一聲：「停！」

血刃正跑到興頭上，立刻歪著腦袋，疑問：「老大，怎麼停了？」

野王說：「我怎麼感覺上當了。」

詭刺轉了轉眼珠，狠狠地用爪子折斷一株狗尾草，說：「上了熊貓小子的大當啦，那時他們已經筋疲力盡了，我們要發動攻擊，熊貓肉唾手可得呀！」

血刃問：「老大，我們要殺回去嗎？」

野王沉思了一下，毅然說：「不，我們依舊向西。」

「為什麼？」詭刺問，他覺得老大的回答有點不可思議。

野王說：「我們既然答應了熊貓小子，必須信守諾言，如果我們返回去吃熊貓肉，這件事傳了出去，所有的野獸都會笑話我們，恐狼也算是馳名天下的猛獸，這種拯救天下的大事，怎麼可能讓熊貓小子單獨去完成，恐狼才是真正的英雄，恐狼是不會輸給熊貓小子的。」

血刃說：「沒錯，老大，我們先找到神農，這比吃熊貓肉還過癮啊！」

三隻恐狼打定主意，重新上路，翻山越嶺，穿林過河，追尋著人類的氣息，希望趕在熊貓小子的前面找到神農。

8 朋友

送走恐狼，幸福寶三個立刻上路，他們翻山越嶺來到一座大山前面，前面傳來隆隆的水聲，原來在群山環繞下，各路支流匯成一道大瀑布，瀑布如同一條白色巨龍，橫臥在兩座山峰之間，蒼翠的松柏，耀眼的紅花，將瀑布點綴得異常美麗。

瀑布從高高的天空墜落下來，經過層層岩石的激蕩，分成好多條飛流，有的寬闊，有的細小，隨著山峰盪漾起雪白的浪花，發出驚雷般的巨響，義無反顧地投進深潭，激起的浪花漫天飛舞。瀑布下面是一條大河，承載著瀑布的雄偉氣勢，綿延不絕地流向遠方。

幸福寶爬到岸邊喝了點水，河水的味道甘甜可口。喝飽了河水，幸福寶覺得有點累，想趴在岸邊好好地睡上一覺。

阿飛不想讓幸福寶睡覺，他說：「這裡是一片神奇的土地，瀑布多不勝數，地下河流穿梭如龍，傳說，這裡曾經是龍獸的天下，這裡的洞穴不計其數。」

老虎問：「阿飛，你是不是嚇唬我們？」

阿飛說：「是真的。」

老虎說：「那可不妙，難道我們要一個一個洞穴尋找神農的蹤跡嗎？」

阿飛說：「那倒不用，我知道神農有時候在這裡採藥，我們還是按照藥草的線索，快點尋找他吧。」說完，振翅向一片高山飛去，大叫道：「神農，神農，你在哪？」

老虎說：「阿飛，你喊什麼，神農能聽見你的召喚嗎，別忘了，人有人言，獸有獸語。」

阿飛神秘地說：「天下之大，無奇不有，神農是一個神奇的人，他有很多神奇的特點，其中之一，是他懂得鳥獸魚蟲的語言。」

「啊？」老虎叫道：「還有這麼神奇的人類？」

阿飛說：「沒錯，神農能聽見我們的呼喚。」

老虎抖擻精神，威風凜凜，他憋足一口氣，然後朝著一片山林大吼一聲：「神農，你在哪裡，老虎召喚你！」連喊三聲，震得山林中落葉蕭蕭，可是沒有神農的回應，只有地面盤旋而起的怪風。

他們連續找了三座山峰，連個鬼影都沒找到，幸福寶說：「阿飛，我們應該分頭尋找，這樣亂找下去，既浪費時間，又浪費體力。」

阿飛哎呀一聲，說：「沒錯，熊貓小子提醒的好，神農經常在這一地帶採藥，我們應該順著草藥來尋找神農，哪裡的土地生長草藥，哪裡就能找到神農。」說完，他張開翅膀，鑽進茂密的山林，時間不大，抓著幾棵草藥飛了回來。

阿飛將這幾株草藥分別擺在幸福寶和老虎面前，認真地說道：「田七花草，你們已經知道了，我再教你們認識幾樣花草。」

老虎半信半疑，憑著這些花花草草能找到神農？幸福寶認真地看著，阿飛從一堆綠草中挑來挑去，用翅膀撥出一個帶著泥巴的黃色根莖，形狀有點奇特，好像一個人形，有鼻子有眼，四肢俱全。

老虎搶著說：「這玩意我知道，是蘿蔔，野兔經常挖著吃。」

阿飛說：「老虎，不要不懂裝懂，這不是蘿蔔，是何首烏，一種珍貴的草藥，傳說何首烏要是成了精，吃下去能夠變成神仙。」

老虎瞪大眼睛：「真的假的？我吃了以後，可以變成神虎！」

阿飛說：「假的，神農說，何首烏的真實用處是滋養毛髮，延年益壽。」

幸福寶抓起一隻小黃花，最奇怪的是小黃花的根部，好像一隻只貓爪，他問阿飛：

「這是什麼草？」

阿飛說：「貓爪草，可以解毒。」

「這個呢？」老虎也來了興趣，用爪子撥弄著一串小紅花。

阿飛說：「那是毛慈姑，生於陰濕之地，也是一味藥材。」

老虎點了點頭，他學的不怎麼認真，阿飛又向他們介紹了膽草、銀花、半夏等幾味藥材，然後三個好朋友分別行動。

幸福寶朝著一座高山爬去，阿飛向遠方的瀑布飛去，只有老虎爬上一片山坡，他把鸚鵡教的東西忘了一大半，怎麼琢磨也想不起來了，急得他在山坡上大吼：「熊貓小子，你在哪呀，你到哪去啦。我們還是一塊找吧。」

幸福寶聽不到老虎的呼喚，他來到一座大山腳下，山腳下裸露著七八個洞口，裡面傳來潺潺的流水聲，竟然是一個水洞。

幸福寶挑了一個最大的洞口，因為他在洞口外面發現了一些野草。阿飛沒說過這些草的名字，可能是一種不知名的草藥，因為阿飛說過，神農正在尋找不同的草藥，他的理想是解除所有人類的痛苦。

幸福寶爬進山洞，蕩漾的波光反射在洞穴四壁，如同一絲絲美麗的漣漪。幸福寶尋著水聲深入洞穴，洞穴上方的岩石奇形怪狀，讓他覺得很有意思，那些石頭像是魔法變出來的，有的像野獸，有的像森林，還有的像飛禽，真是鬼斧神工，極盡神妙。

幸福寶一沒留神，撲通一聲，滑落進一個水池裡，池水有點微微的酸味，像是被一棵石榴浸泡過，幸福寶展開四爪，優雅地划向對岸，對面是另一個洞穴，山風從洞穴裡穿過，發出嗚嗚怪叫，但是幸福寶全然不懼，他爬上對岸，繼續向洞穴深處探索。

洞穴裡越來越黑，幸福寶的興致卻逐漸濃厚起來，他在岸邊發現了一個巨大的腳印，難道這裡也隱藏著什麼怪獸，或者神農被怪獸給抓去了，幸福寶的腦袋裡面充滿了神奇的幻想，他抿著嘴偷著樂，探頭探腦地摸進一個昏暗的洞穴。

呀！

裡面有幾顆大蛋，雪白的蛋！

幸福寶興高采烈，這些蛋肯定是沒有被瘟疫污染的，而且這些蛋的個頭巨大，足夠他和老虎填飽肚子，雖然幸福寶覺得自己是一隻善良的熊貓，吃掉這些蛋的想法有點卑鄙和殘忍，不過總不能餓著肚子，為了拯救他們的命運，拯救熊貓一族的命運，必須有所犧牲。

幸福寶準備犧牲這幾個大蛋，但是他不想獨自享用這幾個蛋，他要把老虎和阿飛找來，一同享用。

等幸福寶轉身的時候，忽然發現一個龐然大物已經佇立在身後，可能是太專注於這幾隻巨大的蛋，因此身後來了敵人都沒有發現。

昏暗中，兩隻巨大而兇殘的眼睛，好像死亡的星光瞪著幸福寶，這傢伙的牙齒雪白細密，鋒利無比，張著一雙細小的前爪，一對結實而粗大的後爪聳立在地面上，眼睛上長著角冠，看起來好像眼窩深陷，永遠在沉思著什麼陰謀詭計。

幸福寶感覺到這傢伙如此碩大，可能是傳說中的龍獸，因此說道：「你好，大龍。」

龍獸瞧了瞧幸福寶的樣子，似乎從沒見過這麼漂亮圓潤，肉乎乎，又傻呆呆的小東西，她並不想著一口把這小東西撕成碎片，因此問道：「你是個什麼東西，我是異特龍。」

異特龍？

幸福寶覺得這個名字很有趣，實際上他並不知道，異特龍是龍獸一族，是生活在侏羅紀晚期和白堊紀早期的龍族，異特龍的顱骨上有大型洞孔，呈現了某些鳥類的特徵，使他們的跳躍有力而迅速，可是他們的攻擊力卻遠遠不如最兇猛的霸王龍。

幸福寶認真地說：「我是一隻熊貓，名字叫幸福寶。」

異特龍問：「熊貓小子，你是從南邊來的嗎？」

「是呀。」幸福寶說，但是他覺察到情況有些不妙，大龍可能是一隻吃肉的傢伙，這些雪白的蛋好像是異特龍的寶寶，最可怕的是——野獸媽媽是最兇猛最有攻擊慾望的，因為她要保護自己的寶寶。

幸福寶點了點頭，垂下目光，假裝不敢和異特龍對視，其實他正在計算逃跑的路線，按照熊貓的速度，好像跑不過異特龍的追擊，異特龍一個大步，能趕上熊貓小子幾十步，目前，逃跑好像不是最妙的辦法。

異特龍問：「熊貓小子，既然你是從南邊來的，有沒有見過我的好朋友。」

「你的好朋友？」幸福寶若有所思地問。

異特龍嗯了一聲，說：「他是一隻泰坦鳥，是一隻大嘴巴鳥，我們倆是好朋友，明白了嗎？」

「沒見過。」幸福寶說。

異特龍說：「你想和我成為最好的朋友嗎？」

幸福寶不知是計，高興地說：「熊貓小子最喜歡朋友。」

異特龍說：「可以，我們要成為好朋友，必須得發誓，而且要遵守誓言，不得違反，我們一般都是這樣發誓的，我，異特龍將和幸福寶成為最好最好的朋友，我們一同努力，獵取最肥美的肉食，霸佔最肥沃的領地，彼此忠誠，勇敢地戰鬥。怎麼樣？你還願意和我成為好朋友嗎？」

「當然願意。」幸福寶說，心裡卻老大的不高興。

異特龍說：「那你發誓。」

幸福寶沒了辦法，只好照樣說了一遍，異特龍這才露出一點笑容，不過在陰沉渾暗的洞穴裡，異特龍笑得陰森詭異，讓幸福寶從心底泛出一股寒冷，只聽異特龍說：「熊貓小子，既然我們已經發過誓了，異特龍和熊貓小子就成了最好的朋友，我們可以坦誠相待啦，你問我一個問題吧？」

幸福寶說：「異特龍，你從哪來的？」

異特龍說：「我生活的地方距離這裡很遙遠，那裡是一片遼闊的大陸，生活著很多珍禽異獸。」

「那你是怎麼來到這的？」

「我是跟隨著一座島嶼，漂流到這裡來的，還有那隻泰坦鳥。熊貓小子，你現在總可以說了吧？泰坦鳥在哪？我在你的身上聞到了他的味道。」

幸福寶心中一驚，異特龍不但聰明，而且狡猾，他只好實話實說：「好吧，我告訴你，那隻泰坦鳥襲擊過我，但是現在可能凶多吉少。」說完，幸福寶將瘟疫的發生，造成的可怕的後果，還有泰坦鳥留在洞穴發出的慘叫聲，詳細地說了一遍，聽得異特龍目瞪口呆！

9 大龍的逃亡

聽完幸福寶的故事，夜已經深了。

熊貓小子睡得又香又甜，但是異特龍卻失眠了，自從踏上這片陌生的大陸，她就再也沒有安穩地睡過一覺，因為，她不知道自己的命運將會面臨哪些挑戰！

幸福寶說的那些紅眼獵人的故事，讓異特龍心驚肉跳，她剛剛產下一窩蛋，剛剛當了母親，如果自己不小心變成了紅眼異特龍，那不是要瘋狂地吃掉這些蛋，那是她的孩子，她必須小心看守，視如自己的生命。

第二天清晨，陽光從洞口斜斜地照射進來，波光蕩漾，洞穴裡的萬種奇石都煥發出彩虹般的光彩，滴答滴答的水滴聲，好像是晨曦降臨大地的迴響。

異特龍想了一夜，終於想出一個詭計，她用一隻前爪捅了捅幸福寶，說：「醒醒，熊貓小子。」

幸福寶揉了揉眼睛：「幹什麼嘛，人家睡得正香呢！」

異特龍說：「瞧你這一身肥肉，我就知道你是個懶惰的小東西，太陽都曬屁股了還不起來。」

幸福寶爬了起來，經過一夜的休息，他精力充沛，但是肚子有點餓，於是和異特龍走出水洞。

蒼山翠柏，心曠神怡，陽光透過瀑布上的水霧，折射出七種美麗的光環，天空碧藍如洗，密林寂靜幽深。

幸福寶看見一片竹林，立刻興奮地大叫一聲，跑進竹林，連啃帶抓，吃了個大飽。

等他吃飽了，才看見異特龍搖搖擺擺地走過來，說道：「熊貓小子，你吃飽了嗎？」

幸福寶點頭說：「飽啦！」

異特龍說：「那好，我們該上路啦！」

「上路？」幸福寶問，「去哪？」

異特龍說：「熊貓小子，你聽好了，人類是不能相信的，他們全是兇殘的獵人，他們只會剝野獸的皮，吃野獸的肉，喝野獸的血，毀滅野獸的家園，破壞地球上最美的風景。你尋找人類治療瘟疫的想法，簡直是愚蠢之極。想想那些紅眼獵人的下場，或許你要去尋找的神農，已經變成了紅眼瘋子，他拯救不了熊貓一族的命運。凡事要靠自己的力量，不如我們現在去尋找熊貓一族，把他們領到這裡，你們可以在這裡繁衍生息，有我異特龍的保護，誰都不敢踏進熊貓一族的領地。異特龍將和熊貓一族成為最要好的朋友。」

幸福寶想了想，估計異特龍是個大騙子，如果她真是一隻有情有義的龍獸，為什麼不去解救泰坦鳥，而是要找到熊貓一族難道異特龍想要用熊貓來餵食她的寶寶？

幸福寶悶聲不響，引領著異特龍沿著河岸，走向一條大瀑布。

走到瀑布前面，幸福寶也沒想出來什麼脫身的妙計，因此他使出最後一招——耍賴，在地上一躺，再也不肯走了，還說著：「哎呦呦，哎呦呦，我的肚子痛啊，快要痛死我啦！」

異特龍瞧著幸福寶有些好笑，這麼拙劣的表演，只有熊貓小子才會想得出來，如果換成是一個狡詐的傢伙，早被她一口吞下去了。

異特龍假裝關心地說：「熊貓小子，你哪裡痛，我給你揉揉，我可是擅長治療肚子痛的龍獸。」

異特龍的指甲像刀鋒一樣鋒利，要是按到幸福寶的肚子上，非得開膛破肚不可。

幸福寶急忙爬起來，說：「沒事，沒事，我的肚子一痛，肯定是吃了不乾淨的東西，不好意思，你等等我啊！」

幸福寶扭著屁股，皺著眉毛，爬向一簇茂密的叢林，但是異特龍的眼睛一直盯著他。幸福寶大聲地說道：「抱歉，大龍，熊貓這個時候不喜歡被偷看的，也太沒禮貌了吧。」

異特龍的臉上一紅，轉過頭去，不過她把兩隻耳朵豎了起來，一有風吹草動，便會向熊貓小子發動致命一擊！

只聽見「啵」的一聲，一股奇臭的味道在草叢裡蔓延開來，異特龍說：「熊貓小子，真臭！」

幸福寶蹲在草叢裡說：「不好意思，熊貓的生活一向是這樣子的，一天之中，熊貓要花費半天的時間吃東西，而另外半天，我不說，你也聞到啦！如果是一隻母熊貓，則會抽出一點時間打扮自己，因為她們都是愛美的熊貓，熊貓對於美麗的東西特別崇拜。」

異特龍問：「熊貓小子，你說的是真的？」

幸福寶說：「當然啦，熊貓裡一族裡面有一隻母熊貓，她的名字叫辣椒，生得漂亮極了，人人都喜歡她。」

「啊？」異特龍動了更加邪惡的念頭，如果這個大陸的生物真是崇拜美麗的話，她可要好好地打扮一番，把自己弄成一位漂亮的美人，讓所有的野獸都尊她為女王。到那個時候，她便可以統治這裡的野獸，想殺就殺，想吃就吃。這些日子以來，光想著生蛋的事了，臉都沒有洗過，真是太邋遢了。

異特龍問：「熊貓小子，你還有完沒完？我要你幫我打扮得漂漂亮亮的，然後去見熊貓一族，和這個大陸上所有的野獸。」

這一次，幸福寶沒有拖延時間，他已經在草叢裡留下了標記，他的糞便有種獨一無二的臭味，相信阿飛和老虎一定可以沿著這條線索，追尋到他的蹤跡。

幸福寶爬出草叢，帶著異特龍來到河邊，跳進大河洗澡，幸福寶想借著洶湧的波濤逃之夭夭，他故意鑽進一朵浪花裡大叫救命，異特龍伸出脖子，張開牙齒，輕柔地咬住幸福寶的脖子，但是他沒有把幸福寶甩上河岸，而是用力將幸福寶按到水下。

河面下暗流洶湧，冰冷的旋渦，渾濁的泥沙拍打著幸福寶的臉孔，幸福寶拚命地掙扎，四隻爪子在水中拚命地拍打，嘴裡冒出一串串氣泡，可是異特龍就是不放開他，好像是對他說——小東西，別想逃出我的手心！

最後，異特龍覺得差不多了，將幸福寶提出水面，向岸邊一丟，然後分開潔白的浪花走上河岸。

異特龍問：「熊貓小子，你實在是太重了，我好不容易才把你救上來，我對你有救命之恩啊。」

幸福寶臉色鐵青，趴在地上，大口大口地吐水，從來沒遇見過這麼兇狠而狡詐的敵人。他喘息著爬起來，爬進一片濃密的花叢，弄了好多鮮豔的山花，編織成一個大花環。

異特龍低下腦袋，他把花環扣在異特龍的腦袋上。異特龍回頭照照河水，波光明媚中映照出一張溫柔慈祥的臉孔，還略帶著一點霸氣。

異特龍對自己的打扮滿意極了，但是還有點美中不足，她必須確保自己在野獸面前一亮相，自己的美麗能立刻能讓所有的野獸臣服！

異特龍帶著幸福寶滿山遍野地尋找美麗的花朵，她要編織一個更大的花環套在脖子上，要將美麗武裝到腳趾。

幸福寶和異特龍漫山遍野地採花，但是危險突如其來，一大群熊貓從一片山谷裡衝了過來，為首的是老頑固，後面跟著鈴鐺、辣椒、小白、小黑、小花，還有一些大熊貓，鐵頭在後面斷後。

異特龍發現熊貓一族竟然自投羅網，不禁心花怒放，她叫幸福寶隱藏在一棵大樹後面，要給這些熊貓一些驚喜。

幸福寶正要出聲示警，異特龍卻突然從後頭冒出，用爪子緊緊捂住了幸福寶的嘴巴，示意他安靜。眼看著熊貓一族越跑越近，幸福寶不禁急得滿頭大汗！

老頑固一臉嚴肅，跑得汗如雨下，身後跟著好多大熊貓，正在玩命地追趕。鐵頭不時地回過頭來，向那些大熊貓發動攻擊，搖晃著他的大腦袋，把那些大熊貓撞飛出去，但是追趕的大熊貓並不善罷甘休，爬起來揉揉摔痛的屁股，繼續窮追不捨。

幸福寶看得非常清楚，那些大熊貓瞪著紅光閃閃的眼睛，已經成了瘋熊貓，不過，即使在瘋狂的時候，熊貓也依舊那麼可愛。

異特龍吃驚地問：「熊貓小子，你看那些熊貓的眼睛！」不由得輕輕鬆開了捂住幸福寶嘴巴的爪子。

幸福寶點了點頭，說：「紅恐症開始在熊貓中傳播了，熊貓一族也不能倖免，被瘟疫傳染的的野獸，無一不是悲慘的死去。」

「我的天呀。」特異龍痛苦萬分，好像已被可怕的紅恐症傳染了。

幸福寶趁機大喊一聲：「熊貓們，熊貓小子在這裡。」

熊貓們紛紛抬頭觀瞧，只見一棵粗壯的大樹之間，隱藏著一個巨大的花花綠綠的身影，幸福寶正向他們招手。熊貓們彷彿找到了大救星，呼啦啦全跑了過去，沒等異特龍有所動作，這些熊貓便爬的爬，攀的攀，旋風似地爬上了異特龍的身體。

老頑固快樂地說：「熊貓小子，總算找到你了，那些熊貓都造反了，不聽爺爺的訓斥。」

話音未落，老頑固已經發現這並不是一顆大樹，而是一隻從來沒有見過的怪物，嚇得他連連大叫，但他沒法跳下去，因為十幾隻紅眼大熊貓，已經把異特龍團團圍住。

幸福寶很怕異特龍傷害到這些大熊貓，立刻在異特龍耳邊叮囑：「小心啊，如果被這些大熊貓咬到，你肯定完蛋。」

異特龍本來想捉兩隻熊貓來嘗嘗味道，一聽見幸福寶的叮囑，嚇得向後一跳，一隻紅了眼的大熊貓已經瘋狂地衝上來，張嘴就咬，異特龍大叫一聲：「滾開，瘋狂的熊貓！」

紅眼熊貓根本不怕，個個奮勇上前，幸福寶摟住異特龍的爪子大叫：「別被熊貓的爪子傷到，不要聞到熊貓的氣息，小心瘟疫傳染給你呀。」

異特龍又是一跳，閃過眾多紅眼熊貓的攻擊，心煩意亂地喊道：「這架可沒法打了，趕快跑吧。」縱身向山峰下跑去，雖然身上爬滿了大大小小的熊貓，但是這一點也不影響異特龍的速度，異特龍力量十足，連蹦帶跳，向那座大瀑布跑去。

只跑了兩步，幸福寶大喊一聲：「趴下。」

異特龍說道：「趴什麼趴，這麼幾隻熊貓沒什麼可怕，不用趴下。」

但是，幸福寶是讓熊貓們趴下，熊貓們相當聽話，整齊地趴在異特龍的身體上，天空穿來刺破空氣的聲音，一排長矛飛來，異特龍的尾巴被幾枝長矛刺中，痛得她朝著天空亂吼亂叫。

草叢裡頻頻閃現出熊貓獵人的臉孔，異特龍好似很害怕人類，大步邁得像風一樣，把紅眼熊貓都甩在身後。

異特龍從沒想過，會這麼狼狽不堪地出現在熊貓一族的面前，她還準備統治熊貓一族呢！現在希望成了泡影，花環也跑沒了，貼在腦袋上的花瓣正隨風飛舞，尾巴上扎著的長矛一跳一跳地痛。她有點憤怒，想把這些討厭的熊貓從身上弄下去，她開始討厭熊貓了。

幸福寶瞧著異特龍的表情，似笑非笑，似哭非哭，似怒非怒，緊咬著牙齒，他急忙安慰異特龍說：「大龍，不要生氣，你現在是熊貓心目中的英雄，比戴著那些花花草草好過百倍。」

幸福寶這樣一說，老頑固、辣椒、鈴鐺等熊貓都一個勁地點頭。熊貓們的默契表現讓異特龍舒服多了，一路狂奔，爬山涉水，穿過一片果林的時候，異特龍的腳步慢了下來，因為異特龍身材高大，所以，熊貓們不時地伸出爪子，摘個果子嘗嘗鮮，有的熊貓屬於邊吃邊拉的傢伙，弄得異特龍滿身都是熊貓的便便。

紅眼獵人很難甩掉，身手很靈活，像猴子一樣敏捷，在樹枝上蕩來蕩去。

甩不掉這些獵人，異特龍心中焦急，向最宏偉的瀑布奔去，瀑布的轟鳴聲穿透雲霄，又落向大地，彷彿無數的驚雷，在澎湃的浪花中爆炸！

異特龍抓著岸邊的岩石，敏捷而有力地跳躍，攀上幾塊岩石，最後朝著瀑布一頭栽了進去，熊貓們嚇得張大了嘴巴，冰冷的水花讓熊貓們渾身濕透，緊緊地趴在異特龍的身體上，等睜開眼睛才發現，穿過瀑布竟然是一個天然的洞穴，寂靜無聲，深不可測。

10 打賭

異特龍驚魂未定，抖動身體，把熊貓們一個個甩了下去，然後喘息著坐在地上，撅起一根尾巴，讓幸福寶把她尾巴上的長矛拔出來。

熊貓們蜷縮在異特龍的身邊，好像這隻龍獸是他們的保護者。異特龍看見這些膽小的熊貓就生氣，她用爪子一摸身體，全是熊貓的便便，立刻大喝一聲：「去去去，都給我滾一邊去，我正心煩著呢。」

幸福寶只好領著熊貓們爬進後洞。熊貓們正要弄清楚情況，老頑固說：「熊貓小子，這個大傢伙是個什麼東西？」

幸福寶說：「她叫異特龍，是從很遙遠的地方來的？」

鐵頭問：「雖然她剛才救了我們，不過，我覺得她對熊貓一點也不友善。」

辣椒說：「你們沒有看見她的打扮嗎，簡直像個妖精！」

幸福寶噓了一聲，說：「小聲點，那是個吃肉的傢伙，我們得想個辦法對付她。」

「你有什麼好辦法？」鈴鐺問。

幸福寶用爪子一招，熊貓們立刻把幸福寶圍在當中，豎起耳朵，聽著熊貓小子對他們說悄悄話，露出了神秘的笑容。

這個時候，異特龍在前洞發出怒吼：「這些討厭的跟屁蟲！」

熊貓們急忙跑到前洞，特異龍正在水簾前發怒，穿過透明的水簾，幸福寶看見，紅眼獵人和紅眼熊貓重新聚集起來，他們好像發現了異特龍的蹤跡，而異特龍正站在水簾前面，用瀑布清洗身體，偌大的身影在水簾中若隱若現！

老頑固說：「放心好了，熊貓們，這座大瀑布是我畢生僅見，是最好的天然屏障，除了這位勇敢的大龍，那些紅眼絕對上不來，我們可以安安心心地睡上一大覺。」

異特龍聽見老頑固的話，斜著眼睛盯著老頑固，問：「你是熊貓一族的首領嗎？」

老頑固愉快地說：「沒錯，我是老頑固，熊貓們都聽我的。」

異特龍說：「很好，我先把你吃掉，然後，我來當熊貓一族的首領。」

老頑固嚇壞了，還以為異特龍要找他談談，沒想到是這麼個結果，好在幸福寶早有對策。

老頑固說：「既然你要吃掉我，我也無話可說，我得和熊貓們先告別，老頑固要永遠離開了。」

異特龍說：「別太囉嗦了，快點，等我吃飽了，還得去找那些紅眼拚命！」

老頑固向熊貓們眨眨眼睛，然後和熊貓們一一擁抱，第三個擁抱的是辣椒，她趁著異特龍沒注意，伸出舌頭在老頑固的眼睛上輕輕一點，老頑固的眼圈先紅了，淚水漣漣的，又辣又麻的滋味直鑽進鼻子和大腦。

幸福寶暗中朝著老頑固一點頭，老頑固立刻在地上打了一個滾，跳起來大吼一聲：「異特龍，我要和你打架，我要揍你，把你像螞蟻一樣踩扁！」

異特龍好笑地用爪子撓著下巴：「開什麼玩笑？聽說要被我吃掉，嚇傻啦？」

忽然，幸福寶大叫一聲：「快看，老頑固的眼睛！」

鈴鐺將兩隻爪子伸進嘴裡，做出驚恐的樣子，大叫著說：「我看見了，老頑固被紅眼熊貓咬了一口。」說完，熊貓們紛紛做出懼怕的樣子，爬到異特龍的身體上。

異特龍說：「你們這幫膽小的熊貓，見了困難就知道退縮。」

幸福寶說：「大龍，熊貓天生膽小。」說完，繼續向老頑固眨眼，讓老頑固再來點猛的。

老頑固馬上裝出人來瘋的樣子，跳著腳，拍著爪子，玩命地大叫：「大龍，快點過來，讓我擰下你的腦袋，我沒瘋，我是讓蚊子叮了一口，老頑固是聞名天下的大力士，啦啦啦，弄朵小花頭上戴，月兒彎彎我最愛，啦啦啦！」

異特龍說：「連唱帶跳，還說自己沒瘋，誰信啊，我才不和你打架呢，瘋熊貓，給我滾遠點。」

老頑固等得就是這句話，他很怕異特龍真的衝上來拚命，因此見好就收，掉轉身形，猛然沖向洞穴裡的一塊大石頭，叫著：「大龍，別以為變成石頭我就認不出你，看我不咬死你！」說完，撲上去，抓著大石頭又啃又咬，裝得天衣無縫。趴在異特龍身上的熊貓都忍不住想笑出聲來，但是看見幸福寶嚴肅的模樣，立刻把笑聲憋回肚子裡面。

異特龍長舒了一口氣，總算又解決了一個麻煩，眾熊貓也都放下心來，因為老頑固的性命暫時保住了，他們都為熊貓爺爺的表演叫好。

異特龍正想休息一會，正在這個時候，水簾洞外忽然變得陰森森的，一個巨大的黑影從水簾中閃過，水花亂濺，一隻渾身濕濕的大鳥闖進洞穴，這隻大鳥雖然傷痕累累，血跡斑斑，但是一雙眼睛赤紅如火！

泰坦鳥！

原來泰坦鳥並沒有死，他也染上了紅恐症！

異特龍退守到洞穴的邊緣，身後是一片猙獰的怪石，轉眼一瞧，熊貓們都不見了，但是仔細觀看，熊貓們不是不見了，而是偽裝得很巧妙，一隻熊貓把身體藏在灰白色的石縫裡，撅起肥大的屁股，和石頭的顏色融成一體，還有一隻把短尾巴露出來，好像石頭上的斑點。辣椒和鈴鐺爬進一片滴水石林，藏在裡面，用狼牙般的石頭做最嚴密的防禦！

泰坦鳥的氣勢咄咄逼人，異特龍大喝一聲：「泰坦鳥，你瘋了嗎？」

幸福寶說：「大龍，現在只能應戰，如果退縮，紅眼獵人和紅眼熊貓就會衝進水簾洞。」

異特龍說：「好吧。」縱身一跳，與泰坦鳥面對面地僵持起來。

其實，泰坦鳥在異特龍面前，不過是一個小不點，但是泰坦鳥的氣勢兇猛，好比一隻霸王龍，而霸王龍是整個侏羅紀的王者。異特龍面對這隻小雞，有點猶豫，她從來沒有像今天這樣沮喪過。

幸福寶爬到異特龍的脖子上，伸爪在異特龍的下巴上一拍：「大龍勇敢點，給這隻小雞來點厲害的。」

異特龍小心翼翼地嘗試進攻，她用兩隻爪子向泰坦鳥抓來，這是虛晃一招，等泰坦鳥用巨大嘴巴反擊的時候，異特龍便從泰坦鳥的頭上竄了過去，用後爪狠狠地踢了泰坦鳥的屁股。泰坦鳥翻了個跟斗，在地上滾出好遠。

異特龍的力量讓這隻瘋鳥吃足了苦頭，從地上爬起來，戰戰兢兢的，忽然看見一旁的石叢林裡藏著兩隻母熊貓，立刻大發雷霆，用刀峰般的嘴巴，向著岩石一劈。

嘩嘩啦啦！

岩石碎了一地，那些石頭很脆弱，被泰坦鳥的嘴巴切成了無數碎片，藏在石頭後面的是鈴鐺和辣椒，她們害怕極了，辣椒勇敢地摟住鈴鐺，蜷縮在幾根斷裂的石柱後面。泰坦鳥沒法擠進狹小的縫隙，只得側著身體，張開一對小翅膀，用翅膀上的爪子來鉤熊貓。

幸福寶看見辣椒摟著鈴鐺，拚命地退縮，但是泰坦鳥的爪子已經碰到了辣椒的尾巴，異特龍饒有興味地觀看，幸福寶大吼一聲，從異特龍的脖子上騰空躍起，他用了最大的力量，想落到大鳥的背上，但是飛到半空以後，突然墜落下來，砰地一聲，砸在泰坦鳥的屁股上。

異特龍嘆息一聲：「熊貓小子，真有你的。」

泰坦鳥覺得尾巴上一沉，立刻扭轉身體，卻什麼都沒發現，因為幸福寶緊緊地抓著鳥屁股上的一堆毛，不讓大鳥發現自己。

泰坦鳥暫且放棄了對兩隻母熊貓的攻擊，扭著脖子，看見一隻熊貓趴在尾巴上，勃然大怒，可是他的脖子，沒法彎曲到可以攻擊熊貓的程度，因此瘋狂地扭著尾巴，要把幸福寶甩掉。

幸福寶好像一團胖嘟嘟的黑白尾巴，被泰坦鳥甩來甩去。辣椒和鈴鐺都看傻了，幸福寶叫道：「快跑啊，傻瓜，我堅持不了多久的！」

辣椒和鈴鐺彷彿如夢初醒，從縫隙裡鑽出來，朝著老頑固藏身的洞穴跑去。泰坦鳥想出一個笨方法，他猛地跳起來，向後面一坐，要用自己厚實的屁股坐死這隻討厭的熊貓小子。

幸福寶急忙鬆開爪子，隨著泰坦鳥的落地，他向前翻滾，熊貓翻滾是幸福寶的逃生絕技，泰坦鳥仰面朝天地倒在地上，翻身飛滾，冒著翅膀折斷的危險，朝著幸福寶追來。

幸福寶撞到了一面石壁，正想改變方向，繼續翻滾，泰坦鳥已像一座小山似的壓了上來，幸福寶只好迎著泰坦鳥，蜷起身體，狠心地撞了上去。

砰！

幸福寶被撞得飛了起來，像一個肉球，落向一片斷裂的石柱，石柱的邊緣鋒利如刀，能把幸福寶戳成一個滿身是孔的刺蝟。

幸福寶閉上眼睛，感覺到死亡如同一片陰影，然後輕飄飄的，一點也沒有痛苦的感覺。

幸福寶自己問自己：「我死了嗎？」

「熊貓小子，你還沒完蛋呢。」

幸福寶的耳畔響起異特龍的聲音，原來是異特龍伸出爪子，在半空中接住了熊貓小子，她的心情很複雜，不知道為什麼要出手，但是既然出手，就要幹得漂亮。

幸福寶說：「大龍，謝謝你。」

異特龍說：「不客氣，我並不是想救你，我是想看看，熊貓小子有多大的本事，你和泰坦鳥痛痛快快地幹上一架，看看究竟誰會贏。」說完，把幸福寶像肉球一樣拋了出去。

泰坦鳥剛跳起來，猛然一個肉球飛來，還沒張開大嘴，幸福寶已經撞到了泰坦鳥的下巴上。泰坦鳥和幸福寶滾到了一塊，幸福寶去摟泰坦鳥的脖子，泰坦鳥把長脖子一甩，掙脫了幸福寶的摟抱，接著用彎刀般的嘴巴，沿著地面劃出一道死亡的光芒。

幸福寶急中生智，縱身跳起，抱住一根從洞頂延伸下來的石柱，雖然上面沾著水滴，但是幸福寶用爪子嵌進岩石的縫隙裡，緊緊地掛在上面，泰坦鳥的攻擊又一次落空了。

泰坦鳥舞動兩下弱小的翅膀，翻身站了起來，大嘴向幸福寶摟抱的石柱一敲，石柱應聲折斷，幸福寶感覺石頭異常地沉重，他用盡全力，用抱著的石塊猛擊泰坦鳥的下巴。

砰！

泰坦鳥的下巴撞到石塊上，石柱被泰坦鳥的嘴巴劈成了兩半，泰坦鳥搖晃了一下，但是沒有倒下，下巴上鮮血淋漓，繼續朝著幸福寶進攻。

幸福寶立刻換了一根石柱，躲避這隻大鳥，他的心情很惶恐，七上八下的，感覺泰坦鳥的攻擊好厲害，自己只有借著石頭，來回躲閃。

異特龍在後面大吼：「熊貓小子，怎麼了嗎？勇敢地戰鬥，你不是熊貓中的英雄嗎？」

幸福寶在奔跑中，斜眼瞧了瞧，異特龍笑咪咪地瞧著他，一副悠閒自得的樣子，而那些熊貓們都藏在黑暗的洞穴裡，彷彿忘記了自身的危險，瞪著眼睛，呆呆地看著熊貓大戰泰坦鳥。

幸福寶忽然明白了異特龍的陰險用心，這傢伙是想通過他的戰敗，來控制所有的熊貓，所以，他只能勝，不能敗，他是所有熊貓的精神力量，但是戰勝泰坦鳥又談何容易。

喀嚓！喀嚓！喀嚓！

泰坦鳥的進攻勢頭勇不可擋，連斷了數根石柱。幸福寶還是老一套，在石柱間滾來滾去。

異特龍哈哈大笑，用爪子拍著石壁，用嘲諷的口吻說：「熊貓們，這就是你們的英雄，只會滾蛋的英雄，哈哈哈哈，熊貓們，我和你們打賭，不出三十招，熊貓小子必敗無疑。」

「做你的春秋大夢。」辣椒說，她露出交錯不齊的牙齒，叫道：「熊貓小子是好樣的，熊貓小子必勝，我跟你賭，熊貓小子要是打不過那隻呆鳥，你可以把我吃掉！」

異特龍問：「母熊貓，報上你的名字？」

「辣椒。」

「啊！」異特龍心想，這就是幸福寶說的，那隻最漂亮的母熊貓，果然和熊貓小子是一路貨色，都有點呆傻，她得意說：「好，一言為定，如果熊貓小子獲得勝利，我就不吃掉你。」

「一言為定。」辣椒說：「你們還有誰要打賭？」

「我們。」鈴鐺帶著小白、小花、小黑，異口同聲地說。

異特龍大叫一聲：「這可是你們自己找的！」

熊貓們也跟著大叫：「熊貓小子加油，熊貓小子必勝，熊貓小子好樣的，熊貓小子，你要勝利呀，不然你就是毀滅熊貓一族的千古罪人！」熊貓們一陣亂叫，有的熊貓用爪子在岩石上磨出沙沙聲，有的直接拾起石塊，相互拍打，發出啪啪聲，彷彿在給熊貓小子助威。

11 瀑布逃生

有這麼多熊貓助威喝彩，幸福寶有股說不出來的激動，不等泰坦鳥撲來，幸福寶揚起短短的脖子，「嗷——」地發出一聲野狼般的長嚎！

這樣一叫，反倒把泰坦鳥震懾住了，這隻巨鳥可沒聽過熊貓還可以這樣叫，但是幸福寶顧不得許多，直接朝著泰坦鳥撲了上去，像鐵頭那樣，猛撞泰坦鳥的下巴，動作快如旋風。

泰坦鳥踢了幾下，都沒踢中熊貓小子的腦袋，但被幸福寶撞了幾下，有點搖擺不定，幸福寶相當機敏，從泰坦鳥的雙腿間穿過，跑到瀑布的邊緣。但是就在他們激戰的時候，幾名身手敏捷的紅眼獵人，已經攀登著濕滑的石頭，頂著飛流激盪的瀑布爬了上來。

水簾之外黑影幢幢，幾條黑色的人影趴在突兀的岩石上，正向裡面探看。

獵人！

幸福寶大聲呼叫：「熊貓們，獵人來了！」紅眼獵人聽見幸福寶的叫聲，紛紛投擲手中的武器到瀑布裡，幸福寶無路可退，只能跳來跳去，躲閃著迎面而來的飛石與長矛。泰坦鳥抓住機會，張開翅膀，像在空中滑翔一樣，用鋒利的嘴巴向底下的熊貓小子啄去！

幸福寶早料到此招，抓起一根飛來的長矛，將長矛一豎，朝著泰坦鳥的咽喉刺去。

泰坦鳥大驚，沒想到熊貓小子竟然能像人類一樣運用武器，他將脖子一偏，長矛貼著脖子劃過，留下一道血痕。泰坦鳥咕地叫了一聲，向後一仰，幸福寶接著將長矛舞動如風，「刷刷刷刷」，竟然將泰坦鳥逼退十幾步，然後將長矛往地上一拄，得意洋洋，好不威風。

泰坦鳥則縮到一面石壁下面，畏首畏尾地，不敢再貿然進攻。

熊貓們一陣快樂地歡呼，幸福寶取得了勝利。

但是對於異特龍來說，熊貓小子的勝利來得太突然了，她正忙著對付闖進水簾洞的紅眼獵人。

異特龍站在瀑布前面，小心翼翼地伸出脖子，虎視眈眈地盯著水簾外的黑影。

兩名紅眼獵人按耐不住，縱身一跳，想穿過水簾，但人類的力量畢竟有限，才躍到一半，已經力量不濟：一名獵人發出慘叫，順著傾斜而下的瀑布，墜進深不見底的河谷。剩下一個獵人，剛剛穿過水簾，就被異特龍用腦袋拍進水花，隨著瀑布，一洩千里，不見了蹤跡。剩下的紅眼獵人，雙眼好似噴火，但是這些紅眼獵人顯然不想掉進深淵，他們像猴子一樣，發出吱吱亂叫，抓著水簾旁的青藤，在思考詭計。

水簾洞裡面是另一幅景象，幸福寶用長矛逼住泰坦鳥，熊貓們也紛紛跑過來，模仿起幸福寶的樣子，拾起掉落在地上的長矛，將泰坦鳥圍困在一個角落裡，異特龍說：「見過熊貓，但沒見過會玩棍子的熊貓，厲害啊！」

幸福寶說：「熊貓們，這個水簾洞被紅眼發現了，我們得另找出路。」

熊貓們聽完幸福寶的話，覺得言之有理，他們迅速展開行動，分頭探索各個洞穴。

現在只剩下幸福寶、辣椒、鈴鐺拿著長矛，在泰坦鳥面前搖晃著，泰坦鳥轉動紅色的眼珠，釋放出陰冷的光芒！

異特龍因為打賭輸了，正想著壞主意，但是幸福寶說：「大龍，你輸了，得遵守承諾。」

異特龍說：「好吧，我答應不吃熊貓，可是泰坦鳥是我的好朋友，我們向天地發誓，有福同享，有難同當，現在你們把他逼成這個樣子，我還能袖手旁觀嗎？」

幸福寶知道異特龍藏著壞心眼，話音一落，異特龍的身影已經像黑雲一般籠罩過來，她絕不甘心自己的失敗，她要報復熊貓小子。不過異特龍還沒靠近三隻熊貓，熊貓們從洞穴深處飛奔而來，而且是老頑固帶頭。

幸福寶沮喪地說：「我就知道這些傢伙靠不住，他們肯定沒找到出口！」

老頑固邊跑邊說：「廢話，一大群紅眼獵人，還有紅眼熊貓，紅眼老鼠，紅眼猴子，總之全是紅眼睛的魔鬼，他們已經把這裡包圍了，我們沒法逃跑，不往回跑，難道還要出去送死嗎？」

異特龍瞧著老頑固，這不是那隻瘋了的老熊貓嗎？他的眼睛怎麼又變回了黑色，難道是在欺騙我，我上了熊貓們的大當啦？

幸福寶沒注意到異特龍的臉色，正在由紅轉白，由平淡轉為憤怒，他只注意到熊貓們臉色蒼白地跑了回來，瞬間聚集到一個角落裡面，擁擠在一起，老頑固連擠帶跳地爬到一塊岩石上，大呼：「熊貓們別慌，勇敢一點，勇敢地去戰鬥，熊貓是從不退縮的——」話音未落，已經有一隻大熊貓，把老頑固從岩石上拱了下去。

洞穴深處傳來嗷嗷的嚎叫，不僅僅是紅眼獵人，還有一些紅眼野獸，從洞穴裡探出頭來。原來，他們找到了一條可以通向水簾洞的密道。

情況萬分危急，幸福寶四下一望，紅眼隊伍已經開始擴大，有獵人，有熊貓，有老鼠，有靈貓，還有幾隻豹子，什麼野獸都有，全都瞪著血紅色的眼睛，散發出兇猛而冷酷的光芒，步步緊逼過來。連異特龍也被這氣勢洶洶的隊伍弄得心驚肉跳，濃霧般的殺氣在水簾洞穴裡陣陣飄蕩！

幸福寶大叫一聲：「不怕死的熊貓，跟我來！」

一呼百應，熊貓們跟著幸福寶飛快地跑到瀑布邊緣，幸福寶向下面一指，熊貓們聽著隆隆的巨響，看見瀑布下面深不見底，霧氣瀰漫，波浪滔天，無不心驚膽顫！

幸福寶說：「跳下去，是熊貓唯一的生路。」他摩拳擦掌，鼓足勇氣，要給熊貓們做個榜樣，他退後幾步，用盡全力向前奔跑，從瀑布邊緣的岩石上起跳，縱身竄進水簾，瀑布的水流很急，帶著巨大的壓力，幸福寶幾乎沒費什麼力量，就隨著飛濺的浪花墜落下去。

忽然，幸福寶覺得自己很愚蠢，這些熊貓很膽小的，沒有跳進瀑布的勇氣，關鍵的是，自己犯了一個天大的錯誤，他跳下去，就沒法再飛上去了，熊貓們一個個伸著脖子，正用怪異的表情看著幸福寶被瀑布淹沒。

但是，幸福寶這一次估計錯了，現在是玩命的時刻，熊貓們是絕對不會含糊的。老頑固發出一聲吶喊，「熊貓們，跳啊！」率領著大熊貓向瀑布邊緣衝來，異特龍想攔阻這些小傢伙，發出雷鳴般的大吼：「等等，熊貓，你們不要命啦！」話一出口，他驀地發覺，那些熊貓的目標，不是瀑布，而是自己。

十幾隻大熊貓衝到異特龍的身體上，佔領了異特龍的脖子，而老頑固、鈴鐺、辣椒的動作慢了一點，只咬住了異特龍的尾巴，更多的熊貓爬到異特龍的脊背上。

異特龍大叫道：「熊貓，你們想幹嘛？」

鐵頭騎在異特龍的脖子上，乾脆地說道：「大龍，快點跳下去吧，紅眼已經衝上來啦。」

「啊！」異特龍叫了一聲，這些熊貓沒有勇氣跳進瀑布，而是要騎著他，讓他跳下瀑布，異特龍沒說話，身上趴滿了熊貓，而且那些紅眼真的殺過來了，為首的是泰坦鳥。異特龍只好抖擻精神，縱身而起，義無反顧地跳進了瀑布。

熊貓們嚇得大聲尖叫起來，在水流的沖刷下，這些尖叫聲顯得無比的渺小，但是卻令異特龍心煩意亂，頭暈目眩，連續在空中翻了十幾個空翻，卻還沒落到深淵的底部。

話說三隻恐狼一連走了兩天，忍饑挨餓，一無所獲。血刃有點洩氣，他對野王說：「老大，我們會不會又掉進熊貓小子的圈套裡呀，他明知道往西走，全是窮山惡水，根本不會有人類居住。」

野王說：「熊貓小子沒有那麼狡猾吧！」

詭刺說：「噓，別出聲，有腳步聲。」

野王說：「好像是人類的聲音。」

三隻恐狼大喜，前面黑影綽綽地晃動，腳步聲刷刷地響。血刃正在探頭探腦，一塊堅硬的大果殼砸到了他的腦袋上，血刃「哎呦」一聲，腦袋被砸了一個包，嚇得向後一跳，接著天空飛來一片果殼，密集如雨點一般的果殼裡，還夾雜著一些尖銳的小石頭。

野王嚎叫道：「這肯定不是人類，人類從來沒有這麼溫柔。」

詭刺說：「沒錯，人類的箭雨比這鋒利百倍，這點攻擊不過是小兒科。」

話音未落，那些黑影紛紛上樹，血刃清晰地看見一張酷似人類的面孔，不過鼻子是黑色的，臉頰上生著脂肪硬塊，一身紅色的毛髮閃閃發光。

血刃叫了一聲：「紅毛猩猩！」

野王說了一個字：「撤。」

三隻恐狼發出長嚎，掉頭就跑，速度快如閃電。那些紅毛猩猩可是宿敵，是老冤家。猩猩們在樹梢上發現是三隻恐狼，立刻咬牙切齒，淒厲的吼叫聲此起彼落：「恐狼不要跑，猩猩要吃了你們！」在後面緊追不捨。

三隻恐狼玩命地跑，但是紅毛猩猩一直記仇，在樹上縱身飛舞，想要將這三隻恐狼制於死地。

血刃不時回頭看看，惡聲叫道：「紅毛猩猩，幹嘛要緊追不捨？」

猩猩們大吼：「大狼是熊貓小子的朋友，猩猩要報仇，報仇！」

詭刺說：「你們這些傢伙，要報仇去找熊貓小子，恐狼可是冤枉的啊！」

紅毛猩猩沒有心思聽恐狼的解釋，野王的嘴巴一張，發出一聲短促的尖叫，這是一個召喚同伴的信號。

三隻恐狼立刻改變方向，各奔東西，這是迷惑猩猩的極好的辦法，紅毛猩猩果然被迷惑了，不知道該追擊哪一隻恐狼，只是憑藉著判斷，向最慢的一隻追去。但是猩猩們上當了，最慢的那一隻是野王，他其實是恐狼中速度最快的，他是為了掩護血刃和詭刺安全地逃脫，這才故意放慢了腳步，等血刃和詭刺都跑遠了，他才加快步伐，鑽進一片荊棘密林，只聽見紅毛猩猩在後面一陣漫步，他很快將這些猩猩甩得無影無蹤了。

三隻恐狼重新聚集起來，商議了一下，商議的結果是，向西的計畫已經行不通了，最好掉頭向東，追尋著幸福寶的蹤跡，在必要的時候，可以幫助幸福寶，這樣，就算他們沒有完成任務，也不會受到熊貓小子的嘲笑。

果不其然，當三隻恐狼沿著大河追蹤熊貓小子的時候，有了意外發現。

「聽，老大，是狼的呼喚聲。」血刃停下腳步，遙望著一座大瀑布，說：「那聲音好像是從瀑布後面傳來的，雖然只有一聲，但是我敢肯定，那是一隻狼的呼喚。」

詭刺說：「這哪是狼的叫聲，不倫不類的，倒像是熊貓小子的吼叫。」

野王說：「雖然不是恐狼的叫聲，但是學得像極了，我們得去查查，究竟是怎麼回事。」

三隻恐狼還沒跑到瀑布前，就看見淺灘上爬著一個黑白耀眼的胖肉團。

血刃歡喜的跳了起來，吹著歡快的口哨說：「老大，那是一隻熊貓，絕對沒錯，我們終於有口福，吃到熊貓肉啦！」

野王和詭刺激動得眼眶裡閃爍著晶瑩的淚花，這是一個莊嚴的時刻，三隻恐狼排好隊伍，走向那隻趴在河床上的熊貓，明媚的水波還在拍打著熊貓的身體。走到近前，三隻恐狼聞到了一股熟悉的氣息，這隻熊貓的氣息如此熟悉……

雖然熊貓都長著圓圓的腦殼，渾圓肥嫩的身體，可是幸福寶的味道，三隻恐狼再熟悉不過了。

三隻恐狼有點洩氣，野王對血刃咧了咧嘴，嘟囔著說：「過去瞧瞧，什麼情況？」

血刃輕快地跑過去，用爪子敲了敲幸福寶的腦袋，興奮地說：「老大，熊貓小子還活著。」

三隻恐狼走上前去，咬住幸福寶的皮毛，把他拽上河岸，血刃用舌頭舔著幸福寶的臉頰，他對這隻熊貓是又恨又愛，還有點戀戀不捨。

12 紅眼幸福寶

幸福寶在昏迷中聞到一股臭口水的味道，他清醒過來，睜眼一瞧，發現一排鋒利的牙齒，正在流著口水，還有三對骨碌碌的眼睛正盯著他瞧。

幸福寶張了張嘴：「大狼，看見你們真高興啊！」

野王說：「熊貓小子，我們看見你也很高興，因為從來沒見你這樣狼狽過。」

幸福寶想要爬起來，但是渾身的骨頭痛得厲害，好像散架了似的，他說：「大狼，幫幫我，我的骨頭可能斷了。」

詭刺譏諷地說：「怎麼啦，熊貓小子，你是熊貓英雄，不需要任何證明，你永遠是堅強的化身！」

「算了吧。」幸福寶說：「我才不是什麼熊貓英雄，我只是一隻普通的熊貓，我有時候會偷懶，有時候很軟弱，有時候會做噩夢，有的時候還會在沒有朋友的夜裡偷偷哭泣。」

「行了，別說了。」野王抬起高高的頭顱，他的心好像被熊貓小子弄得軟軟的。詭刺和血刃已經忍不住低下腦袋，讓熊貓小子的爪子搭在肩頭，兩隻恐狼搭起熊貓小子，走向一片清風徐徐的叢林。

野王有點不高興，這兩個傢伙竟然不聽他的命令，擅自幫助一隻熊貓，不知道誰才是他們的老大，他發出短促的尖叫，示意兩個笨蛋放下熊貓小子，但是幸福寶說：「不要那麼沒情義，你們曾和熊貓小子並肩戰鬥過，是我的好朋友，好朋友要相互幫助，而且，我還有很精彩的故事告訴你們呢。」

兩隻恐狼把幸福寶架到林邊的一塊平坦的大石上面，這裡能很好地享受溫暖的陽光。三隻恐狼圍坐在幸福寶身邊，傾聽幸福寶講述分別後的故事，當聽到幸福寶勇敢地跳下萬丈瀑布的時候，血刃和詭刺捂住自己的嘴巴，好像對熊貓小子的冒險身臨其境一樣。

生機勃勃的陽光蘊藏著神奇的力量，修復著幸福寶身上的傷痕，幸福寶感覺石頭被曬得滾燙，可是他還是懶洋洋地不肯起來，他想起了熊貓一族，想起拯救熊貓一族的使命，深深地嘆了口氣。

野王很愉快，因為熊貓小子還沒找到神農，恐狼還有勝利的希望，忽聽幸福寶說：「大狼，我恐怕難以堅持下去，我很想見到熊貓一族，拜託你們，找找他們好嗎？」

血刃說：「可憐的熊貓小子，我們答應你。」

野王說：「放心吧，熊貓小子，沒有恐狼完成不了的任務，任何艱難在恐狼面前不過是芝麻大點的小把戲。」

幸福寶說：「拜託你們了！」

野王、詭刺、血刃立刻出發，向瀑布上游走去，才翻過兩道小坡，詭刺瞧著滾滾流逝的河水，停下腳步說：「老大，我們好像又被熊貓小子給利用了，一隻熊貓居然敢向恐狼發號施令。」

血刃說：「我們上了熊貓小子的大當，熊貓小子真是詭計多端，不但會當英雄，還會裝可憐，真是要了命啦！」

野王說：「既然我們答應了熊貓小子，就絕不食言，我倒是想讓熊貓小子看看恐狼的手段。」

三隻恐狼凝聚在一起，發誓要讓熊貓小子知道恐狼的本領，他們翻過三道山坡，很快發現了一些熊貓的蹤跡，是一些熊貓的腳印。血刃檢查這些腳印，說：「老大，腳印肯定是辣椒的，辣椒這隻母熊貓不好惹，真是一個小辣椒，厲害著呢。」

「這是老頑固的，絕對沒錯，我熟悉他的爪印，比我自己的還清楚。」詭刺說。

野王說：「那你們兩個有沒有注意到，還有一個陌生的爪印。」

「在哪？」

「就在我們的腳下。」

血刃說：「是有一些熊貓的爪印，但是無關緊要，都是些沒名沒姓的熊貓。」

野王說：「你們難道沒發現，我們現在站在一個巨大的爪印中央。」

血刃和詭刺嚇了一跳，可不是麼，他們發現自己站在一隻巨大的腳掌中間，難道這個巨大的爪印，就是幸福寶口中的「異特龍」留下來的？能見到滅絕已久的龍獸，三隻恐狼又激動，又害怕，立刻組成三角隊形，左顧右盼，向前面探索，很快他們就發現了一個龐然大物，趴在一片黃褐色的山岩下，旁邊聚集著一群熟悉的熊貓。

三隻恐狼相互一使眼色，迅速隱藏進一片石楠叢中，暗中窺視，想瞧瞧異特龍怎麼對付這些熊貓，很顯然，這些熊貓現在成了異特龍的俘虜。

等了一會，熊貓們結束了竊竊私語，自從他們騎著大龍跳下瀑布以後，每隻熊貓都獲得了新的力量和勇氣，因為從那麼高的地方摔下來，居然沒有一隻熊貓受傷，這不僅僅是幸運，還是一個奇蹟。

老頑固被熊貓們推舉出來，向異特龍發出抗議，他說：「大龍，我們不能留在這個地方，這裡太危險，隨時都可能被紅眼發現。」

異特龍無精打彩地說：「求求你們，帶我走吧。」

三隻恐狼大驚失色，這隻龍獸居然用哀求的語氣和熊貓講話，難道全都瘋了嗎？

異特龍眼淚汪汪地說：「別忘了，幸福寶可是你們的英雄，看在我和熊貓小子的深厚友情上，你們帶我走吧，我現在還有點力氣，可以幫助熊貓擊敗強大的敵人。」

老頑固為難了，他一時間沒了主意，回頭看著熊貓們，好些隻大熊貓把腦袋搖來搖去，異口同聲地說：「不行，熊貓小子已經完蛋了，我們全是熊貓英雄，英雄是不需要保護的，熊貓們啥都不怕。」

老頑固只好對異特龍做出一個無耐的表情，他走到一棵歪脖樹前，抬起爪子喀喀劃了兩下，扒下兩塊樹皮，自信滿滿地說：「好了，大龍，不要悲傷，老頑固在此留下了標記，沒有一隻野獸敢來傷害你。」

異特龍瞧著樹幹上的熊貓標記，真不敢相信，這些熊貓竟然嘲笑她的智慧，就這麼幾道撓癢癢似的痕跡，有什麼用？異特龍發起怒來，想站立起來，但是不行，她的後腿在墜入深淵的時候，受到了強烈的撞擊，一隻後腿的骨頭斷了，再沒法站立起來，痛得她滿頭大汗。

發現了這個秘密，恐狼們再也不怕，三隻恐狼竄出石楠，叫道：「你們好啊，熊貓們，我們是來傳遞消息的，我們有一個好消息，還有一個壞消息。」

熊貓們聽見恐狼的叫聲，先是嚇了一跳，然後慢慢鎮定下來，對這三隻老朋友，熊貓們早已經沒了恐懼感。

辣椒說：「大狼，你們怎麼來了，什麼好消息和壞消息，快說，不要賣關子。」

野王呵呵一笑：「你這個小辣椒，總是那麼潑辣。」

鐵頭分開幾隻大熊貓，跳了出來，他一直想成為熊貓們的英雄，苦於沒有機會，現在可是一個天賜良機，大吼一聲道：「別聽恐狼的，他們都是些口是心非的傢伙。」

鈴鐺說：「鐵頭，聽聽大狼想說些什麼？」

詭刺嘿嘿一笑，他好像看穿了鐵頭的小心思，說道：「鐵頭，你想當熊貓的英雄嗎，你還嫩點，你既沒有熊貓小子的勇敢，也沒有熊貓小子的智慧。」

鐵頭的臉刷地紅了，對三隻恐狼咬牙切齒。野王笑著說：「熊貓們，我先告訴你們好消息，熊貓小子還沒死呢，熊貓小子的命很大。」

老頑固、鈴鐺、辣椒一聽熊貓小子還沒死，頓時興高采烈，將三隻恐狼圍住，追問熊貓小子的下落。野王說：「你們還沒聽我的壞消息，那就是熊貓小子受了重傷，現在生死未卜。」

辣椒不耐煩地用爪子揪住血刃的尾巴：「別囉嗦，快點說，熊貓小子現在在哪？」

野王咳嗽一聲：「你們由此朝東，翻過三道山坡，可以看見熊貓小子躺在一塊石板上，快點去吧，熊貓小子正等著你們的救援。」

所有的熊貓都心動了，不由自主地向前爬行，他們有一多半不是想拯救幸福寶，而是想迅速離開這個鬼地方，那些瘋狂的紅眼或許正在四處搜尋熊貓的下落呢。

異特龍說：「熊貓不要走，別丟下我一個。」說著，她快要哭了。可是熊貓們根本不聽話，走的走，跑的跑，沒有一隻願意留下來陪伴異特龍。只有三隻恐狼留了下來，閃爍著陰森森的目光。異特龍對恐狼的目光十分熟悉，因為在她饑餓的時候，也經常發出這種恐怖的目光。

異特龍從沒想過自己會懼怕這三隻小不點，但是她現在很虛弱，她的腿骨還沒癒合，站不起來，無法覓食，等待她的好像是死亡的召喚。異特龍說：「你們三隻小東西，我可以踩死你們。」

野王說：「得了吧，大龍，你現在連站起來的力量都沒有了，死亡和新生都是自然界的法則，你的生命將延續在恐狼的胃裡，呵呵。」

異特龍說：「既然如此，你們放馬過來。」

詭刺說：「我們才不會那麼傻，恐狼很有耐性，我們可以等，等你完全沒了力氣，再美美地享受一頓大餐！」

老頑固帶著熊貓們一路急行，連翻三座山坡，終於發現了幸福寶的身影，躺在一塊平整的大岩石上，懶懶地曬著太陽。

老頑固輕鬆地朝著幸福寶衝去，想表現一下他的詼諧和幽默。

他爬上石板，「嗨」了一聲：「熊貓小子，太陽都曬屁股啦，你還不起來，熊貓們都到齊啦。」

「老頑固爺爺，我受傷啦。」幸福寶緩緩地抬起頭來說著。

老頑固一看到幸福寶的臉孔，不禁嚇了一大跳，一個跟斗從石板上摔了下去。

所有的熊貓被一種恐懼包圍了，連鈴鐺和辣椒也彷彿覺得大地顫抖了一下。現在是正午，陽光明媚，鳥語花香，金子般的陽光投射進幸福寶的瞳孔裡，反射出一片淡紅色的光澤。

紅恐症！幸福寶染上了紅恐症！

熊貓們動作極快，刷地跳下石板，用爪子搭在石板的邊緣，用驚訝、懷疑、恐懼的目光，重新審視著熊貓小子，好像他是個怪物。

鈴鐺和辣椒沒動，她們是幸福寶的好朋友。鈴鐺覺得幸福寶很可憐，心裡很難受。辣椒則走過來，輕輕撫摩著幸福寶的大腦袋，柔聲說：「熊貓小子，你受傷了嗎？」

幸福寶從沒覺得辣椒這麼溫柔過，一點也不凶，他點了點頭，覺得全身沒了力量，但是熊貓們的敵意，讓幸福寶有了某種不祥的預感，他說：「辣椒，我沒有完成任務，沒有找到神農。」

辣椒說：「熊貓小子，你太累了，不要胡思亂想。」

一隻大熊貓在石板下喊道：「辣椒，你傻呀，熊貓小子快要變成瘋子了，難道你也想變成瘋熊貓嗎？」

幸福寶嚇了一跳，他努力地聳起身體，用最快的速度沖向河岸，熊貓紛紛躲閃，好像熊貓小子是一個兇神惡煞！

幸福寶來到河邊，岸邊的河水微波不興，像一面亮亮的鏡子。幸福寶對著河水瞧著自己的眼睛，紅紅的如同哭過一樣，他頓時明白了是怎麼一回事，立刻轉身，大吼一聲：「別過來。」

鈴鐺和辣椒沒有停止跟來的腳步，而是衝上來，差點把幸福寶撞進河裡，辣椒用爪子抓著幸福寶的大耳朵，說：「熊貓小子，這點小傷算什麼，你可是身經百戰的熊貓英雄，我們相信你，你可以戰勝危險的敵人，也能戰勝自己。」

「沒錯。」鈴鐺說，「我們不怕和你在一起。」她用漂亮的爪子，從後面摟住幸福寶的脖子，安慰著他。

幸福寶說：「鈴鐺、辣椒，你們不怕麼。」

「其實沒什麼可怕的。」辣椒說，「熊貓經歷了太多的苦難，不能再膽小怕事了，我們應該團結起來。」

「團結，團結，說的好啊，孩子們。」老頑固激動起來，想跑過來和孩子們一塊玩耍，但是幸福寶盯著他的眼睛發出一片恐怖的紅色，老頑固嚇得扭頭向後跑，縱身跳上大石板，他已經準備好一場慷慨激昂的演講，大聲說道：「孩子們，聽我說，我是熊貓中的長壽者，我經過的故事，就像天上的星星一樣多，但是現在我們面臨的是巨大的困難，需要熊貓們團結，拿出不離不棄的熊貓精神，向恐懼發出挑戰，我相信你們，都是勇敢的熊貓。」

眾熊貓相互交換了一下眼神，感到老頑固可能會沒完沒了地說下去，一隻大熊貓立刻打斷老頑固的話：「熊貓爺爺說的沒錯，幸福寶曾為熊貓一族做出過巨大貢獻，他是熊貓中的英雄，我們不應該拋棄他，我們會好好地照顧他。」

所有的熊貓拚命地點頭，老頑固淚花閃閃，為熊貓的團結精神而感動，因此他要講幾個老頑固年輕時候的，勇敢的冒險故事，但是熊貓們對老頑固的囉嗦早就倒背如流了，呼啦一下，全向幸福寶跑去。

13 阿飛的秘方

老頑固坐在石頭上，氣得大聲地嘆息：「你們這些熊貓，實在太不像話，寧願和紅眼玩，也不聽爺爺講故事，這個世界已經不需要我了，需要新的英雄，我已經老啦，唉。」

熊貓們瘋擁而上，趁著熊貓小子楞神的時候，「刷——」地將幸福寶圍住，伸出許多隻爪子，把幸福寶舉過頭頂，幸福寶從沒受到過這麼熱烈的歡迎，快樂得合不攏嘴巴。

但是，幸福的感覺很快變得冷冰冰的，這根本不是歡迎，而是軟禁。那些大熊貓抓著幸福寶來到一片小樹林，林子裡有幾棵蒼老的槐樹。熊貓們把幸福寶向大樹中間一丟，「刷刷」幾下，在樹幹上劃了幾道爪痕，又在地上弄了一個大圈，然後警告幸福寶，不准踏出這個圈，這是熊貓一族中的規矩，名字叫「畫地為牢」。幸福寶被軟禁了，如果他敢踏出這個圈，就會成為所有熊貓的敵人，當然，也不容許任何一隻熊貓踏進圈，否則，也會被所有的熊貓唾棄。

搞定了幸福寶，熊貓們興奮地跳進大河裡，一邊痛飲，一邊洗澡，還有的嘻嘻哈哈地打起了水仗。幸福寶鬱悶地瞧著，不敢踏出圈圈一步，鈴鐺和辣椒就在不遠處守護著幸福寶。但是很快，她們也被大河裡的喧鬧場面吸引，熊貓們很久都沒有這樣快樂過啦。鐵頭在河裡大叫：「鈴鐺、辣椒，快點來呀，我要堅持不住啦。」三隻大熊貓正在圍攻鐵頭。

辣椒按耐不住好玩的天性，她在後面拍了鈴鐺一爪子，大叫一聲，衝進河裡，鈴鐺也不甘心落後，縱身撲進一片水花。幸福寶倍感孤單，但是老頑固從石板上跑了過來，問道：「熊貓小子，你是不是很鬱悶，還有點生氣啊！」

幸福寶點了點頭。

老頑固說：「你是隻誠實的熊貓，其實你不必生氣，這是熊貓種族的規矩，他們對你已經做了最大限度的容忍，你明白嗎？」

幸福寶又是一陣感動。

老頑固說：「所以，你要勇敢地活下去。不過話又說回來，我也很久沒玩了，等等我嘛，你們這些不聽話的小傢伙。」

老頑固撒腿跑向大河，瞧他那模樣，比其他的熊貓更瘋狂呢。

幸福寶只好躺在陰涼的草地上，他想起阿飛，還有老虎，不知道他們是不是找到了神農，不過無論如何，希望他們永遠不要放棄！

熊貓們玩累了，一隻隻爬上岸來，在溫暖的陽光下蜷起身體，打起了瞌睡，下巴緊緊貼著圓滾滾的肚皮，像是一隻隻淘氣的黑白精靈，很快地進入了夢鄉。

這時候，幸福寶做了一個勇敢的決定，他從圈子裡爬出來，小心翼翼地鑽出叢林。離開熊貓一族，他的心裡很難過，但是不能因為自己，連累所有的熊貓。他暗暗地向熊貓們告別——永別了，朋友們！

幸福寶好想痛哭一場，或許上天已經註定，他就是一隻悲情的熊貓，也是一隻命運多舛的熊貓。

幸福寶向著最險峻的山脈爬去，他的感覺很不好，雙眼有點痛，心裡有點亂，四隻爪子在一棵大樹上磨了好長時間，準備撕裂什麼東西，樹上有幾隻麻雀飛來飛去，他甚至想爬上樹梢，吃掉那幾隻小東西，他的心在慢慢變涼，變得殘酷，他的血液在變冷！

幸福寶很害怕，他不想變成一隻殘忍的紅眼熊貓，因此拚命地跑，想用身體內散發的熱量，抵抗這種變化。跑到第二天天光大亮，他來到一座陌生的山峰，站在山巔，遠望蒼茫大地，群山綿延雄偉壯觀，一線金光在天際浮動，雲海翻滾，變幻多姿，星辰在灰白的天空隨著消隱的夜幕一同消失。幸福寶第一次感覺生命是那麼渺小，而又那麼可貴。

「你在想什麼呢？熊貓小子，找你可真是不容易啊！」一個熟悉的聲音在幸福寶頭上響起。

鸚鵡阿飛拍著翅膀，在天空飛來，發出咯咯大笑：「老虎快來，我終於找到他了，熊貓小子在這呢。」

山林裡起了一陣風，老虎以無與倫比的速度，從一片松林中竄了出來，大叫道：「熊貓小子，你讓我們找得好苦。」

阿飛好笑地說：「熊貓小子在這裡獨自傷心呢，好像掉了幾滴眼淚，眼淚還沒乾呢。」

幸福寶說：「阿飛，你不要取笑我，老虎，你也離我遠點，我染上了可怕的瘟疫。」說完抬起頭來，向鸚鵡和老虎展示他的紅眼。

阿飛和老虎看見幸福寶通紅的雙眼，咯咯大笑，老虎乾脆倒在地上四爪朝天，笑得肚子都痛了，他說：「紅眼睛的熊貓小子，好玩極了。」

阿飛說：「熊貓小子，你就是因為這個傷心？」

幸福寶說：「我難道還不能夠傷心嗎，我已經不是原來的熊貓了，我成了危險而殘忍的紅眼。」

阿飛哈哈一笑：「我們會治好你的。」

老虎說：「阿飛，你這是欺騙，我們並沒有找到神農。」

阿飛說：「相信我，我對花花草草的藥性，也是略知一二，我來給熊貓小子治療。」

老虎說：「我怎麼感覺你像是在唬弄我和熊貓小子，你可不要把熊貓小子給治完蛋了。」

阿飛說：「那又有什麼關係，如果我治不好熊貓小子，他還不是死路一條，死馬就當活馬醫，這可是一句古老的諺語。」

老虎說：「好吧，我就相信你這隻不靠譜的鸚鵡。」

阿飛說：「這才是鸚鵡的好朋友，我們分頭行事。」

阿飛不厭其煩地給老虎講了幾樣花草，然後讓老虎去尋找草藥，老虎聽了個一知半解，反正他也記不住這些花草，只要覺得是奇花異草，老虎就一口咬住，連根拔起，不一會，老虎咬著一大捆花花草草回到了山巔。

阿飛早就回來了，幸福寶靠在山頭的岩石下，睡了一大覺，精神大爽，雙眼也好似不那麼紅了。

阿飛從地上挑了幾樣花草，其中有幾株田七，先給熊貓小子治療外傷，幸福寶現在一點也不冷，熾烈的陽光把他的臉頰曬得紅通通的，他的心裡好似燃燒起一團火焰。

阿飛試著讓幸福寶吃了幾棵草藥，吃完之後，幸福寶昏昏欲睡，阿飛用嘴巴翻起熊貓的眼皮，問：「熊貓小子，你是不是有頭痛的感覺？」

幸福寶說：「有點。」

阿飛快樂地跳了一下，拍著翅膀，其實他也是一知半解，在神農那裡學了幾招，用在幸福寶身上，覺得收到了奇效。鸚鵡興奮地說：「太好了，這裡面有天麻和菊花，都是治療頭痛的。」

幸福寶說：「有沒有讓熊貓睡覺的。」

阿飛說：「沒有睡覺的，只有一些可以讓你麻醉的草藥。」

幸福寶說：「怪不得，我的眼皮很重，想睡覺。」說完，眼睛一閉，輕輕地發出呼嚕聲。

老虎正想叫醒幸福寶，阿飛噓了一聲：「熊貓小子應該好好地休息，他實在太累了，拯救蒼生的重任，就交給我們吧。」

老虎說：「拯救天下，你說的輕巧，哪有那麼容易。」

阿飛說：「來吧，我們先從一點一滴開始做起，你先跟著我學著認識草藥。我們的夢想要大，但是起步要小，懂嗎？」

老虎說：「明白。」

說完，兩個好朋友一同到山下尋找草藥去了。

一連治了好幾天，阿飛各種草藥都用上了，但是感覺熊貓小子沒什麼起色。有一天，阿飛正在睡覺，老虎給幸福寶吃了點草藥，問：「熊貓小子，感覺怎麼樣？」

幸福寶問：「老虎，你給我吃了什麼？」

老虎鄭重地說：「一種神奇的豆豆。」

話音未落，幸福寶的肚子裡面一陣翻江倒海的巨響，幸福寶趕快找地方解決。阿飛在睡夢中聞見一股奇臭的味道，立刻跳起來大叫：「老虎，你給熊貓小子吃了什麼？」

老虎說：「一些神奇的小豆豆。」

「糟啦，那是巴豆，吃完會拉肚子，還會中毒。」

「啊！」老虎叫了一聲。

等了一會，幸福寶緩慢地爬出草叢，捂著肚子，臉色很痛苦的模樣。又過了幾天，幸福寶的病情依然不見好轉，反倒感覺被阿飛折磨得奄奄一息，消瘦了好多。

連老虎都受不了啦，他對阿飛說：「鸚鵡，不能再這樣下去了，熊貓小子可以受得了，老虎可受不住了，再這樣下去，老虎的嘴巴快要腫成河馬啦。」原來，老虎採集草藥的時候，花花草草的汁液流進他的嘴巴，現在老虎的嘴巴又紅又腫，整張臉都顯得胖胖的，嘴裡又苦又麻，好像被奪去了半條命。

阿飛說：「好吧，我承認，我們必須找到神農，不然的話，熊貓小子可能會完蛋的。」

老虎說：「把熊貓小子獨自留下，我可不放心，我要帶著他走。」

阿飛說：「好吧，我們快點起程。」

商議完畢，阿飛帶著老虎，馱著幸福寶向山下走去，前面是一道斜坡，樹影婆娑，枝葉繁茂，亂石叢中點綴著幾枝野山菊，搖曳著燦爛的金黃色花朵；再遠處是綠蔭如織的草地，一條小溪閃閃發光，好像纏繞在綠蔭上的緞帶，幾座山峰傲然挺立，直達蒼穹。

阿飛有點緊張，在這麼美麗的景致下，隱藏著一些危險的氣息，阿飛叫老虎停下，兩人藏進一片濃密的藤蘿下面。

他們才剛藏好，三道黑影就出現了：是三隻恐狼。

血刃和詭刺跑得氣喘吁吁的，後面跟著渾身是血的野王。血刃和詭刺跑到一株柳樹下，實在是跑不動了，無可奈何之下，血刃一個箭步，兩隻前爪深深地扣進樹幹，後爪在詭刺的腦袋上一踢，竄上樹去。

後頭的詭刺上不去了，急得嗷嗷亂叫，血刃只好蹲在樹上垂下尾巴，讓詭刺咬著尾巴，把他吊上樹去。

兩隻恐狼剛在樹枝裡藏好，野王也跑到了樹下。

老虎低聲對鸚鵡說：「太可怕了，恐狼都會上樹啦。」

阿飛說：「別出聲，野王有點不大對勁。」

老虎透過一簇枝葉，驚恐地看見野王張開嘴巴，哈著熱氣，圍著大樹連轉三圈，一對瞳孔裡釋放著血紅的光澤！

老虎說：「哎呀，野王也成了紅眼！」

老虎的聲音很小，但是野王的聽力非常敏銳，老虎出聲的瞬間，立刻就暴露了藏身的位置。

野王掉頭朝著藤蘿撲來，血紅的瞳孔像火焰一樣熊熊燃燒。阿飛張開翅膀，抓著一大片綠葉，勇敢地衝出藤蘿，飛到野王面前的時候，野王一躍而起，張開利齒一口咬去。

刷！

阿飛和野王擦肩而過，他被野王扯掉了幾根羽毛，但是他用滿爪的綠葉，塞滿了野王的嘴巴。

阿飛在天空發出咯咯大笑，野王呸地一聲，吐出咬爛的葉子，留下滿嘴的苦澀，兇狠地說道：「阿飛，我可不是吃草的，我要嘗嘗鸚鵡的肉。」

阿飛說：「野王，不要大言不慚，你會飛嗎？」

樹上傳來血刃和詭刺的聲音：「阿飛，小心啊，老大現在成了紅眼，什麼事都能幹得出來呀，我們兩個差點被他吃啦。」

野王低吼道：「你們兩個大叛徒！」

血刃說：「老大，我們不是叛徒，而是你，你成了瘋子。」

野王哼了一聲：「我沒瘋，我不過被熊貓咬了一口。」說完之後，野王渾身一顫，腳步踉蹌起來，跑了十幾步，立刻摔在地上，他的肚子顫抖著，四爪抽搐，好像走到了生命的盡頭。

14 紅眼一族

幸福寶瞧著野王，覺得他又可笑又可憐——野王是三隻恐狼的老大，戰鬥經驗豐富，而且耐力超強，雖然倒在地上不停地抽搐，但是眼神一點也不散亂，隱隱閃動著狡黠的光芒，原來他在偽裝。

血刃和詭刺不愧是忠心耿耿的恐狼，看到老大倒在地上，立刻竄下大樹，朝著野王跑去。血刃的速度極快，他最先靠近野王，可是野王將頭一擺，從地上猛然竄起，一頭將血刃撞到在地，張開大嘴，向血刃的咽喉咬去，詭刺一驚，像岩石一樣，僵立在當場。

就在野王的牙齒刺破血刃咽喉的一剎那，一團黑白肉球從斜坡上滾來，幸福寶一聲大喝：「野王，熊貓小子到啦。」

野王一楞，縱身向前一竄，幸福寶從血刃的身體上滾了過去，撞在一棵樹幹上，野王嘿嘿地笑了，不等幸福寶暈頭暈腦地爬起來，立刻向幸福寶發動攻擊，血刃驚魂未定地爬起來，叫道：「熊貓小子，快跑哇，老大成了紅眼啦。」

幸福寶並沒有逃跑，而是像恐狼一樣，「嗷」地叫了一聲，轉過臉來，盯著野王，兇狠地說：「一隻恐狼就敢挑戰熊貓，不要命了麼？」

野王「刷」地停住，瞧了瞧幸福寶的眼睛，露出欣喜的笑容：「嘿嘿，熊貓小子，原來你也成了紅眼，我們兩個正好成為新的搭檔，橫掃天下。」

幸福寶淡淡地說：「橫掃天下，我可沒有那麼大的野心。」

「怎麼啦？」野王有些激動地說，「你是熊貓英雄，我是恐狼老大，我們聯手，整個叢林都是我們的，誰敢阻擋我們征服的步伐，我們要征服山脈、大河、溪谷，沒有一隻野獸會是我們的對手，來吧，我們現在就幹，喂，你們兩個還站在那幹什麼，快點過來讓我咬咬。」

血刃和詭刺站在一旁，傻傻地看著，野王是紅眼，幸福寶也是紅眼，好像沒了其餘的退路。

野王發出了最後的召喚，要麼也和老大一樣，成為紅眼，要麼死亡，這是多麼艱難的選擇啊？

幸福寶說：「野王，我們一人一隻好啦。」

野王說：「好。」豎起耳朵，咧著大嘴，朝著血刃步步緊逼。

血刃渾身顫抖，發出悲哀的呼喚：「老大，不要這樣，你不是瘋子，你曾經是個明智勇敢，堅韌果斷的老大呀。」

幸福寶突然發動攻勢，不過他不是撲向詭刺，而是撲向野王，他從後面趴到野王的背上，用兩隻前爪摟住野王的脖子，後爪夾住野王的肚子，猛地一扭，撲通一聲，野王被幸福寶摔倒在地，但是野王的四個爪子還在拚命地刨動，大叫道：「熊貓小子，我又上了你的大當，你這個狡猾的小騙子。」

「對付你這樣的瘋子，不得不狡猾一點，哈哈。」幸福寶叫道：「你們還楞著幹嘛，幫我把他按住。」

血刃和詭刺如夢初醒，急忙跑上前來，按住野王狂舞的前爪，野王叫道：「你們兩個叛徒，居然和熊貓小子一個鼻孔出氣，真是反了！」

詭刺說：「老大，你先忍耐一下，忍耐一下。」

野王力量十足，還在不停地掙扎，驀地老虎一聲大喝，威風凜凜地竄了過來，用兩隻大爪子在野王的腦袋上一拍：「給我老實一點。」一拍了幾下之後，野王就被震暈過去。

幸福寶抹了抹下頭上的冷汗，從野王的身體下面抽出一隻爪子，爬起來問血刃：「我聽老頑固說，你們不是守護著那條大龍麼？」

血刃想實話實說，但是詭刺卻搶著說道：「唉，別提了，我們的確是看護著大龍，可是那條大龍很凶，她說自己的肚子餓，要吃掉我們，填飽她的肚子，因此我們和大龍展開頑強而艱苦的戰鬥，大龍被我們打跑了，而老大受了傷，就變成了這個樣子。」

幸福寶心中暗暗竊笑：詭刺一定在說謊。因為老頑固說了，異特龍身受重傷。

真實情況應該是：三隻恐狼想吃掉大龍，但是被大龍給打敗了，然後落荒而逃。但是這不要緊，重要的是如何處理野王，這傢伙是頭健壯而勇猛的大狼。

「還是先藏起來為妙！」老虎自告奮勇咬住野王的爪子，把他拽進路邊的荒草叢裡。

阿飛從一片茂密的叢林中鑽出來，嘴裡銜著幾枝陌生的花草，落到野王的身上，吐出花草，大叫著：「老虎，快點把大狼的嘴巴弄開，我要試試這幾株新草藥，看看能否拯救天下。」

老虎用爪子掰開野王的嘴巴，鸚鵡用嘴巴將草藥都填進野王的嘴巴，血刃和詭刺立刻抗議道：「鸚鵡，不准給老大下毒！」

鸚鵡一笑：「你們兩個蠢東西，我正在你們老大治療，拯救他的生命。」

血刃說：「你的辦法很新奇，我們從沒見過，人類好像這麼幹過，沒想到一隻鸚鵡也會這樣幹。」

「學著點吧，鸚鵡通曉天下的智慧。」阿飛說：「你們兩個瞧瞧熊貓小子，經過我的妙手回春，他的病情大有起色呢。」

血刃和詭刺這才仔細地打量起幸福寶，不過他們迅速交換了一下眼神，熊貓小子雖然還能保持清醒的頭腦，但是熊貓小子好像瘦了，雙肩露出骨頭的形狀，一雙肥嘟嘟的熊貓爪子生出很多褶皺，就像一隻老猴的抬頭紋。

血刃說：「熊貓小子，你怎麼瘦了，是不是好久沒吃到肉啦？」

詭刺嚇了一跳，因為幸福寶的瞳孔裡面閃過一絲殘忍的光芒，他從後面給了血刃一爪，低聲說道：「你別提吃肉，你想把熊貓小子的野性激發起來，然後把我們吃掉嗎，你這個笨蛋！」

血刃很不服氣：「就你聰明。」

幸福寶說：「別吵，我聽到了什麼聲音？」

兩隻恐狼立刻伏地傾聽。

阿飛跳到血刃的腦袋上，一揮翅膀：「聽什麼聽，快點藏進草叢裡去。」

恐狼、阿飛、幸福寶、老虎迅速溜進草叢。前方道路馬上竄出一群小傢伙：野兔、靈貓、羚羊、野豬等，匆匆忙忙地衝了過來，兩隻恐狼一看，正要衝出去捕獵，忽然發現一群紅眼熊貓從漆黑的山谷裡潮水一般衝了出來，嚇得兩隻恐狼又縮了回去。

幸福寶的心頭一震，那些熊貓的身影是如此的熟悉，有老頑固、鐵頭、鈴鐺、辣椒，他們全變成了紅眼熊貓！

簡直是太可怕了，紅眼熊貓的速度快如旋風，連老頑固都四爪齊飛，把那些山雞野兔撚得四處亂竄，一隻小白兔正好撞進幸福寶幾個藏身的草叢，兩隻恐狼同時伸出爪子，給兔子來了個腿絆。

兔子一頭栽進草叢，兩隻恐狼正要咬住兔子的咽喉，兔子把腦袋一抬，血刃和詭刺嚇了一跳，這隻兔子的眼睛紅紅的，他倆正在遲疑，小白兔一個翻滾，竄進一片草叢不見了。

「熊貓簡直是魔鬼，紅眼熊貓來啦！」一隻大靈貓竄上一棵矮桃樹，想借著滿樹的桃花掩護自己，可是低頭一看，正和幸福寶的目光相遇，嚇得大靈貓一哆嗦，差點從樹上掉下來。

阿飛輕聲問：「樹上的朋友，你從哪來？」

「那邊的山谷。」

「熊貓也是從那邊來的？」

「不知道，到處是兇狠的熊貓，他們衝進寧靜的山谷，像一群瘋子，大肆破壞我們的家園，瘋狂地攻擊我們，兩隻野兔被吃掉了，太可怕了，我們只得逃命，原來那些彬彬有禮，溫柔多情的熊貓已經變成魔鬼啦！」

幸福寶聽了大靈貓的話，心裡暗暗大驚，熊貓一族幾乎無一倖免，全部染上了紅恐症！

更要命的是，野王這個時候甦醒了，甦醒後的野王，不但沒像阿飛說的大有好轉，而是睜開一對凶光四射的眼珠，抬起爪子給血刃煽了一個大耳光，煽得血刃滾出老遠。

詭刺沒敢和老大動粗，一跳老高，跑到血刃身後，叫道：「傻瓜，快點起來，是非之地，不可久留。」但是血刃一抬頭，詭刺扭頭又跑了回來。

這邊野王正被幸福寶按住，老虎再發神威，用虎爪想給野王吃點苦頭，沒想到血刃和詭刺一前一後跑了回來，詭刺還尖聲叫著：「快跑，血刃也變成紅眼啦！」

老虎扭過身來，大吼一聲：「真是麻煩，看我老虎的神威！」一個大跳，發現血刃的瞳孔果然射出淡紅色的光芒，老虎也沒客氣，虎爪在空中劃出一道詭異的光線，「啪」地一聲，在血刃的下巴上留下一個紅爪印，血刃立刻昏了過去，這已經是老虎手下留情了，要不然，老虎能把血刃撕成兩半。

幸福寶覺得情況很嚴重，再沒法控制，因此大頭一沉，給野王來了撞頭，野王的腦袋比較小，哪經得住這種撞擊，又暈了過去。

阿飛落在幸福寶的腦袋上，急切地說：「熊貓小子，事態越來越嚴重了，紅眼越來越多。」

老虎把血刃拉進草叢，迅速隱藏起來。

詭刺有些傷心，三隻恐狼有兩隻已經變成了紅眼，他現在不想被熊貓發現自己後腿上的傷口，他害怕自己變成紅眼，因此一言不發，渾身顫抖，淚眼汪汪地保持沉默。

幸福寶說：「你們不要怕，熊貓們都是假裝的，我讓辣椒用舌頭把他們的眼睛弄得紅紅的，全是假裝紅眼呢，你們放心好了。」

老虎和阿飛稍稍放下心來，看見熊貓們像潮水一樣湧了過來，不過阿飛又有了疑問，他說：「熊貓小子，我怎麼感覺不對呢，辣椒的眼睛也是紅紅的，她的舌頭有那麼長嗎，能把自己的眼睛弄得紅紅的？」

幸福寶自己做了個試驗，他把舌頭伸出嘴巴，但是不管怎麼努力都沒法舔到自己的眼睛。

這個時候，鈴鐺突然停下腳步，嗅了嗅，似乎聞到了什麼氣味，猙獰的目光向著幸福寶藏身的草叢掃來掃去，大叫一聲：「停！」

幸福寶、阿飛、老虎，簡直不敢相信自己的耳朵，平時溫柔而多情的鈴鐺，居然發出尖銳刺耳的狂叫！

紅眼熊貓的隊伍立刻停頓下來，鈴鐺說：「有熊貓小子的味道！」在鈴鐺的提醒下，紅眼熊貓迅速把草叢包圍起來，老頑固紅著眼睛，走上前來，想要發號命令：「熊貓們，聽我的命令——」

鈴鐺沒等老頑固說完，從後面一推，老頑固像球一樣滾了出去，鈴鐺說：「滾開，你已經老了，現在熊貓一族的老大是我，不是老頑固，你們明白嗎？」

紅眼熊貓露出笑臉，只是那種笑容在幸福寶看來，比哭還難受，偏偏這些大熊貓還都喜歡鈴鐺，唯有辣椒說：「這裡根本沒有熊貓小子的氣味，我們還是走吧，前面有更肥美的獵物！」

幸福寶的心中又是一震，辣椒的聲音也變了，像清澈的泉水一樣好聽，從沒聽過辣椒這樣溫柔的語氣。

幸福寶向外面瞧了一眼，辣椒好像早已經發現了他，正向幸福寶使眼色，辣椒想帶領熊貓們離開，但是紅眼熊貓個個警覺起來，圍繞著這片矮樹叢，四處搜捕，像是一隻隻密探。

幸福寶緊貼著老虎，老虎緊貼著詭刺，阿飛趴在老虎和熊貓小子的耳朵邊上，悄悄地說：「情況不妙，我們只有犧牲一下這隻恐狼。」

詭刺耳尖，聽見鸚鵡和熊貓在密謀，他可不想成為熊貓的犧牲品，一個箭步竄了出去，大喊道：「我投降，請別傷害我，草叢裡藏著熊貓小子和老虎呢。」

聽見詭刺的聲音，熊貓們嗷嗷亂叫，向這裡撲來。

阿飛一見不好，刷地張開雙翅，身形如箭，竄到天空，張牙舞爪似的一聲大喝：「熊貓們，鸚鵡在這裡，我要和你們大戰一場，看看鸚鵡的力量！」

熊貓們沒聽到鸚鵡的叫囂，兩隻大熊貓直接把詭刺放倒在地，一頓亂咬，詭刺大聲呼叫：「哎呀呀，別咬我，我自願加入紅眼啦！」全身被咬得傷痕累累，痛得他雙眼泛紅，那些大熊貓一見詭刺也成了紅眼，就立刻停止了攻擊。

15 世界末日

鐵頭大吼一聲：「熊貓小子，快點出來，你這個膽小鬼！」

幸福寶只好硬著頭皮鑽出草叢，往眾熊貓面前一站，拿出一副威風八面的架勢，喝問：「熊貓小子在此，你們有什麼指教？」

鐵頭瞪著一雙紅眼，他早看熊貓小子不順眼了，很想找點麻煩，陰森森地說：「熊貓小子，我要向你挑戰！」

幸福寶說：「算了吧，你是我的手下敗將，我可沒興趣和你動武。」

老虎隨後竄了出來，張開大嘴，噴出一道強勁的氣流，地面的沙礫簌簌滾動，幾株荒草被連根拔起，陣陣殺氣吹拂著熊貓們的臉孔！

紅眼熊貓們不由得退了幾步，在熊貓們的眼裡，老虎從沒有這樣高大過，老虎腦門上的花紋顯出一股王者的風範。

熊貓們彼此觀望，沒有一隻熊貓敢於向老虎發出挑戰。幸福寶鬆了一口氣，即使熊貓們變成紅眼，還是有點膽小怕事。

幸福寶對老虎說了一聲「跟我來」抖擻精神向前走去，像狼一樣豎起耳朵，繃緊嘴巴上的肌肉，露出鋒利的牙齒，做出隨時可以攻擊的姿態，老虎跟在後面，步步緊隨。老虎其實很緊張，卻裝出一臉不可侵犯的怒容！

幸福寶和老虎沒走兩步，野王醒了，他搖搖晃晃地追了過來，但他還沒有完全清醒。老虎抬起後爪一踢，正中野王的下巴，野王一聲沒吭，摔倒在地，繼續昏迷。

熊貓們嘩地讓開一條道路，沒有一隻熊貓是老虎的對手，更何況還有一隻頑強無敵的熊貓小子。

幸福寶和老虎還沒得意多久，熊貓隊伍的後面就籠罩上了一個巨大的陰影，更精確的說，是兩隻大怪物的合影——異特龍和泰坦鳥並肩走了來。他們兩個都受了傷，但是恢復迅速，身上的傷口已經癒合得差不多了，帶著又兇又狂的表情，像一對不離不棄的好朋友！

異特龍大叫著說：「熊貓小子想逃走，沒那麼容易！」

泰坦鳥說：「沒錯，幸福寶，熊貓們害怕你，我可不怕，我要和你來一場真正的戰鬥！」

幸福寶看見泰坦鳥和異特龍，心裡暗暗吃驚。他不知道，在他離開熊貓們以後，究竟發生了什麼？大鳥和大龍怎麼又會重逢？

幸福寶現在來不及思考多餘的事情，他說：「老虎，我們得勇敢地迎接戰鬥，狹路相逢勇者勝。」

老虎說：「明白。」

「你挑哪一個？」幸福寶問，其實他已經確定了自己的對手。

老虎說：「當然是大龍。」

「這可不好辦，大龍是我的獵物。」幸福寶四爪一翻，徑直朝著異特龍撲去。

老虎大叫：「喂，喂，我都說了，大龍是我的，你怎麼和我搶呢，熊貓小子真是一個壞蛋啊，哈哈。」老虎雖然這樣說，但是心裡暖暖的，熊貓小子挑了一塊最難啃的骨頭，而把勝利的最大希望留給了自己，老虎當然不會退縮，他立刻向泰坦鳥撲去，他可不能讓熊貓小子腹背受敵。

幸福寶竄到異特龍面前，不慌不忙，早已經想好制敵的奇招。他像風一樣在異特龍的面前奔跑，異特龍和泰坦鳥刷地分開，想前後夾擊，但是老虎撲了上來，泰坦鳥轉身迎戰老虎，只剩下異特龍獨戰熊貓小子。

幸福寶越跑越快，地面揚起一片塵埃，瀰漫了異特龍的視線，異特龍的一條腿還沒有完全好，他大叫道：「熊貓們，看仔細了，不要讓熊貓小子趁機又逃跑了。」

在異特龍的叫聲裡，幸福寶四爪一縮，全身縮成一個肉團，在地上亂滾，在煙霧中，黑白耀眼的皮毛一閃一閃，有點神出鬼沒的味道，異特龍瞧得眼花，不知道地上的影子，哪個是真，哪個是假，但是她知道熊貓小子狡猾得很，需要萬分小心！

幸福寶正在和異特龍小心地周旋，那邊老虎和泰坦鳥已經實實在在地開打了。泰坦鳥在老虎的眼裡算不上是巨獸，因此他拿出百獸之王的勇氣，大吼一聲，要和這隻大鳥硬碰硬。

老虎找好時機，奮起神威，縱身飛起，快如閃電，兩隻虎爪照著泰坦鳥的膝蓋猛擊，泰坦鳥一側身，閃過虎爪，正想在老虎的腦袋上啄一口，沒想到老虎的靈活出乎意料，虎尾一甩，啪地一聲，像鞭子似的抽在泰坦鳥的腿上。泰坦鳥渾身一顫，差點摔在地上，老虎的尾巴居然能凝聚全身的力量，讓泰坦鳥感到心驚膽顫！

泰坦鳥想採取防守，可是老虎想速戰速決，他撲了兩下，都被泰坦鳥閃開，老虎有點急，偷眼一瞧，幸福寶還在地上轉圈，不由得大吼一聲：「熊貓小子，你在磨蹭什麼，快點幹掉大龍！」

幸福寶突然停止滾動，發動攻勢，異特龍心頭一喜，現在他有點痛，正適合防守，看見熊貓小子亮出一雙黑爪，異特龍假裝恐懼，身體向下一矮，其實他在積攢力量，準備給熊貓小子致命一擊。

幸福寶滾到異特龍面前，異特龍正想一爪踩扁這隻肉球，沒想到幸福寶忽然又滾了回去，異特龍不覺洩氣，剛要挺起身體，幸福寶又滾了回來，這讓異特龍半拱的身體很難發出有力的攻擊。幸福寶瞧準的就是這一時機，他向異特龍身體的一側發動攻擊。

異特龍甩起尾巴，模仿老虎，要給幸福寶一個教訓，但是幸福寶看破了大龍的意圖。

異特龍的尾巴甩過來的時候，幸福寶向地上一趴，異特龍的尾巴從頭上掃過的時候，雙爪一鉗，就像爬樹那樣，摟住異特龍大尾巴，順勢飛起。

異特龍發覺尾巴被熊貓小子捉住，陰森一笑，將尾巴卷起，張開大嘴，咬向幸福寶，誰知尾巴捲起一半，幸福寶忽然鬆爪，借著尾巴的力量，翻身一躍，在空中劃出一串漂亮的翻滾。

異特龍大驚，熊貓小子在哪裡都可以滾呀，空中地面，真是無所不能，正胡思亂想，啪，一團大頭球正砸在鼻子上，鼻子裡熱呼呼的好像在冒血，而熊貓小子正趴在異特龍的臉上，他向大龍露出一個詭異的笑容，然後雙爪齊出，向大龍的眼睛上一點。

哎呀！

異特龍連嚇帶怕，眼睛是身體最脆弱的部位，被熊貓爪子一捅，只覺得火辣辣的痛，眼前一片漆黑，他以為自己瞎了，踉蹌著跑了幾步，腳下一軟，撲地坐在地上，緊閉著雙眼，臉色痛苦，嗓子裡好像被堵住一樣，發出悲哀而痛苦的叫聲！

熊貓們看著異特龍的樣子，全都像石頭一樣，不知道熊貓小子對大龍施展了什麼魔法，讓大龍恐懼成這個樣子。異特龍咕噥半天，才從嗓子裡喊了出來：「完啦，我瞎了，我瞎啦，什麼都看不見啦！」

幸福寶趴在大龍的腦袋上，覺得有點好笑，他出爪可是很有分寸的。他輕聲在大龍耳邊說道：「大龍，你還沒瞎呢！」說完，不敢在異特龍的腦袋上多停留，而是身體抱成一團，向後面一滾，大叫道：「異特龍，你輸啦。」

熊貓們一見異特龍敗得糊里糊塗，頓時對這隻大龍有點鄙視。泰坦鳥和老虎戰得正兇，發現異特龍居然被幸福寶打敗，心中慌亂，被對手抓住了機會。老虎縱身跳到了泰坦鳥的脊背上，一對後爪勾住泰坦鳥的脖子，一對前爪輪番向泰坦鳥的腦袋拍打，泰坦鳥無法抵擋，搖搖晃晃地摔在地上，暈了過去。

熊貓們都瞧傻眼了，沒想到這麼快就結束了，好像夢一樣。幸福寶縱身騎到老虎的背上，低聲說：「老虎，拿出像風一樣的速度，跑吧。」

老虎原本還想展現一下威風，但是熊貓小子說得對，還是見好就收，跑吧。

幸福寶伏在老虎背上，老虎縱身而起，躍過六七隻紅眼熊貓，風一般地向山谷裡衝去。

異特龍沒想到，會這樣敗給熊貓小子，她不想服輸，惱羞成怒，抓起兩隻熊貓，向幸福寶投來，這兩隻大熊貓可是沉甸甸的肉彈，幸福寶自然沒法招架，扭頭躲過，那兩隻熊貓摔在地上，痛得哎呦呦，大聲地叫喚起來。異特龍突然發現了幸福寶的弱點，她哈哈大笑，原來熊貓小子不敢傷害同類，她立刻驅趕著一大群熊貓，從後面殺上來。

山谷裡面的地勢很狹窄，老虎翻山越嶺，如履平地，跑過一片黑壓壓的松樹崗，前面是一條險路：一面是陡峭如鏡的懸崖，一面是霧氣濃濃的山谷，偶爾有一兩棵歪脖老松，掛在山谷的絕壁上。

老虎驀地停下腳步，面前是幾塊灰白色的山石，彼此搭靠在一起，形成一座石橋，薄薄的岩石好像輕微一顫，就會被震成兩半，所以這條看似生路，其實是一條絕路！

老虎有點膽怯了，他說：「熊貓小子，這條石橋很危險，我們一走上去，很有可能完蛋！」

幸福寶撫摩著老虎的耳朵說：「老虎，我們走到絕路上來了，或許，我不該連累你。」

老虎說：「熊貓小子，說什麼傻話，我們不是好朋友麼，我和你在一起，經歷了這麼多好玩有趣的冒險，還有什麼能阻擋我們的，你抓穩了，我準備上橋，不過可惜，如果我們掉下去了，你還沒有給我起好名字呢。」

幸福寶說：「你的名字，其實我早已經想好了。」

「是什麼？」

「虎頭虎腦。」

「呃，可以換一個嗎？」

遠遠的，異特龍看見幸福寶被困在一座狹窄的石橋前面，她加快步伐，大叫一聲：「熊貓小子跑不了啦，快點追。」

兩三隻紅眼大熊貓跳到昏迷的泰坦鳥的身上，又跳又叫，終於把泰坦鳥給弄清醒了，他跳起來，想找老虎報仇，哇哇大叫著從後面趕了上來。

這個時候，天空飛來一片黑雲，黑雲中有個熟悉的聲音：「熊貓小子不要急，阿飛來啦，阿飛來啦！」

果然，阿飛來了，他在空中飛得很急，因為不光是他一隻鸚鵡，身後還跟著好幾百隻鳥兒，不但有鸚鵡，白靈鳥、布穀鳥、雲雀、啄木鳥、衰羽鶴、大雁、野鴨、畫眉、烏鴉，連扁顱蝙蝠也來了。還有好多叫不出名字的鳥，成群結隊地飛來，他們的嘴裡銜著堅硬的果實。

阿飛懸浮在空中，大叫一聲：「追兵上來了，保護熊貓小子，給我狠狠地揍這些紅眼！」

飛鳥們立刻盤旋俯衝，排列成整齊的隊形，一陣果殼大雨從天而降，熊貓們被砸得東倒西歪。有的熊貓忽然覺得餓了，就拾起地上的野果，放進嘴裡，喜孜孜地吃著，忽聽異特龍一聲大喝：「你們這些飯桶，只知道吃啊。」

一群蝙蝠飛來，他們抬著一顆大榴槤，想給異特龍一個驚喜，就直接把大榴槤砸到異特龍的腦袋上。異特龍相當震怒，但是他沒法飛上天空，正無計可施，泰坦鳥跑了過來，向那些不知所措的熊貓大喝一聲：「傻熊貓，都楞著幹嘛，快給我用石頭反擊。」

熊貓們這才去找石頭，向天空投擲，一時間，天空中石頭亂飛，果子亂滾，群鳥受到石頭的驚嚇，呼啦啦地丟下果子，就四處飛散了。連阿飛也被石頭打的暈頭轉向的，鑽進一片密林，喘息去了。

異特龍很怕熊貓小子趁機逃脫，來到峭壁前面，張開大嘴咬住一隻樹幹，喀嚓一聲，將樹幹咬斷，然後咬住斷裂的樹幹，拚命一甩，樹幹帶著一股奇大的力量砸在石橋上，石橋一顫。

幸福寶識破異特龍的陰謀，和老虎飛快順著石橋跑向對岸，可是這段石橋又長又窄，他們才跑到石橋的中央，異特龍的第二棵樹幹便拋了過來，幸福寶縱身摟住老虎的腦袋向前一滾，好險，粗大的樹椿貼著他們的腦袋滾到前面去了，但是後面還有一根更沉重的大樹被異特龍連根拔起，正好砸在石橋上最薄弱的地方，幾塊碎石轟然坍塌，石橋從中斷成兩截，那些試圖追擊的紅眼熊貓立刻退縮回去，實際上，他們連石橋都沒有上，就在懸崖邊緣張牙舞爪，泰坦鳥無論怎麼催促，這些熊貓就是不上橋。

眼見幸福寶和老虎快要跑到石橋的對面，而四周的樹木都已經變得光禿禿的一片，再沒有能咬的重量級的大傢伙，異特龍索性將心一橫，轉身咬住泰坦鳥的脖子。

泰坦鳥沒防備，不知道異特龍想幹什麼，異特龍把泰坦克鳥拋出去的時候，泰坦鳥才明白過來，哇哇大叫，可惜！泰坦鳥落在石橋上，差那麼一點就砸在幸福寶和老虎的腦袋上，幸好幸福寶和老虎用最快的速度，躲過了這隻龐然大物。

泰坦鳥落在幸福寶的後面，巨大的身體使得石頭連接的橋面瞬間崩塌瓦解，幸福寶和老虎只覺得腳下的巨石發出裂響，好像從大山深處炸響的驚雷，老虎和幸福寶跑到石橋的盡頭，轉眼一看，泰坦鳥隨著幾塊巨石，已經向萬丈深淵中墜落。只差一小步，就登上石橋的彼岸，幸福寶和老虎腳下一滑，就在他們向深淵裡滑落的時候，幸福寶死死地扣住岩石的縫隙，腦袋頂在老虎的屁股上，順便咬了一口。老虎嗷地叫了一聲，跳起老高，竄了上去，正想向熊貓小子發火，卻驀地發覺自己已經登上了對面的懸崖，不禁心花怒放，正要把熊貓小子叼上來，深淵裡卻突然浮現出一個巨大的陰影。

泰坦鳥張著一對翅膀，正用盡最後一點力量飛上來，但是她的翅膀退化得太嚴重，根本沒法飛多久。他伸出長長的脖子，朝著幸福寶的頭上一啄，幸福寶抓著的石頭被啄成兩半，幸福寶報著一大團從岩石上脫落的泥巴，和泰坦鳥墜進煙霧瀰漫的深淵。

幸福寶被煙霧吞沒的那一瞬，還在叮囑老虎：「快跑，傻老虎，跑得越遠越好。」

「熊貓小子！」老虎哽咽著，淚水模糊了眼眶，他盤旋在懸崖邊，用仇恨的目光瞧著對岸的異特龍，發出怒吼：「你們給我記住，我一定會為熊貓小子復仇！」然後身形一縱，竄進一片茂密暗黑的山林。

山林悲咽，天地昏沉，好似在為熊貓小子奏響生命的輓歌。

異特龍興高采烈地說：「熊貓小子完蛋啦，哈哈哈。」

笑聲未落，晴朗的天空忽然陰暗無比，透明的天空彷彿隱藏著一隻巨獸的大嘴，開始向懸崖上吞雲吐霧，白色的閃電一道道地穿透雲層，各種神奇的光芒不停地閃映，山風驟然變冷，好像能將水滴瞬間凝結成冰塊。

熊貓們被凍得瑟瑟發抖，連異特龍也無精打采，彷彿剛才的勝利只是一場空歡喜，一隻巨大的陰影在雲層中慢慢顯出猙獰的面目，彷彿世界末日已經來臨！

國家圖書館出版品預行編目(CIP)資料

熊貓英雄二部曲：神農傳說／猛獁象作 .-- 第一版 .
-- 臺北市：樂果文化出版：紅螞蟻圖書發行，2017.09
面； 公分 . --（小樂果；2）
ISBN 978-986-95136-0-9（平裝）

859.6 106011228

小樂果 02
熊貓英雄二部曲：神農傳說

作者／猛獁象
責任編輯／謝容之
行銷企劃／黃文秀
封面設計／小於、張一心
內頁插圖／小於
美術構成／上承文化

出版／樂果文化事業有限公司
讀者服務專線／（02）2795-6555
劃撥帳號／50118837 號 樂果文化事業有限公司
印刷廠／卡樂彩色製版印刷有限公司
總經銷／紅螞蟻圖書有限公司
地址／台北市內湖區舊宗路二段 121 巷 19 號（紅螞蟻資訊大樓）
電話：（02）2795-3656
傳真：（02）2795-4100

2017 年 9 月第一版 定價／180 元 ISBN：978-986-95136-0-9